LE CHEVAL PALE

Liste alphabétique complète des

Romans d'Agatha Christie

(Masque et Club des Masques)

	Masque	Club des masques
A.B.C. contre Poirot	263	296
L'affaire Prothéro	114	36
A l'hôtel Bertram	951	104
Allô ! Hercule Poirot ?	1175	284
Associés contre le crime	1219	244
Le bal de la victoire	1655	561
Cartes sur table	274	364
Le chat et les pigeons	684	26
Le cheval à bascule	1509	514
Le cheval pâle	774	64
Christmas Pudding		42
(Dans le Masque : Le retour d'Hercule Poirot)		
Cinq heures vingt-cinq	190	168
Cinq petits cochons	346	66
Le club du mardi continue	938	48
Le couteau sur la nuque	197	135
Le crime de l'Orient-Express	169	337
Le crime du golf	118	265
Le crime est notre affaire	1221	228
La dernière énigme	1591	530
Destination inconnue	526	58
Dix brèves rencontres	1723	578
Dix petits nègres	299	402
Drame en trois actes	366	192
Les écuries d'Augias	913	72
Les enquêtes d'Hercule Poirot	1014	96
La fête du potiron	1151	174
Le flambeau	1882	584
Le flux et le reflux	385	235
L'heure zéro	349	439
L'homme au complet marron	69	124
Les indiscrétions d'Hercule Poirot	475	142
Je ne suis pas coupable	328	22
Jeux de glaces	442	78
La maison biscornue	394	16
La maison du péril	157	152
Le major parlait trop	889	108
Marple, Poirot, Pyne et les autres	1832	583
Meurtre au champagne	342	449
Le meurtre de Roger Ackroyd	1	415
Meurtre en Mésopotamie	283	28
Le miroir dù mort		94
(dans le Masque : Poirot résout trois énigmes)		

	Masque	Club des masques
Le miroir se brisa	815	3
Miss Marple au club du mardi	937	46
Mon petit doigt m'a dit	1115	201
La mort dans les nuages	218	128
La mort n'est pas une fin	511	90
Mort sur le Nil	329	82
Mr Brown	100	68
Mr Parker Pyne	977	117
Mr Quinn en voyage	1051	144
Mrs Mac Ginty est morte	458	24
Le mystère de Listerdale	807	60
La mystérieuse affaire de Styles	106	100
Le mystérieux Mr Quinn	1045	138
N ou M?	353	32
Némésis	1249	253
Le Noël d'Hercule Poirot	334	308
La nuit qui ne finit pas	1094	161
Passager pour Francfort	1321	483
Les pendules	853	50
Pension Vanilos	555	62
La plume empoisonnée	371	34
Poirot joue le jeu	579	184
Poirot quitte la scène	1561	504
Poirot résout trois énigmes (Dans le Club : Le miroir du mort)	714	
Pourquoi pas Evans?	241	9
Les quatre	134	30
Rendez-vous à Bagdad	430	11
Rendez-vous avec la mort	420	52
Le retour d'Hercule Poirot (Dans le Club : Christmas Pudding)	745	
Le secret de Chimneys	126	218
Les sept cadrans	44	56
Témoin à charge	1084	210
Témoin indésirable	651	2
Témoin muet	377	54
Le train bleu	122	4
Le train de 16 h 50	628	44
Les travaux d'Hercule	912	70
Trois souris...	1786	582
La troisième fille	1000	112
Un cadavre dans la bibliothèque	337	38
Un deux trois	359	1
Une mémoire d'éléphant	1420	469
Un meurtre est-il facile?	564	13
Un meurtre sera commis le...	400	86
Une poignée de seigle	500	40
Le vallon	361	374
Les vacances d'Hercule Poirot	351	275

AGATHA CHRISTIE

LE CHEVAL PALE

Traduit de l'anglais par Henri Thies

LIBRAIRIE DES CHAMPS-ÉLYSÉES

Ce roman a paru sous le titre original :

THE PALE HORSE

« ... je vis un cheval de couleur pâle, et celui qui le montait était la Mort et l'Enfer le suivait... »

APOCALYPSE.

Chapitre six, verset huit

CHAPITRE PREMIER

LE RECIT DE MARK EASTERBROOK

Le percolateur, dans mon dos, siffla comme un serpent en colère. Le bruit, en soi, avait quelque chose de sinistre, de diabolique presque. Combien de sons, à notre époque, nous assaillent désagréablement, pensai-je : le hurlement des avions à réaction, le grondement sourd, menaçant, du métro au sortir de son tunnel; les poids lourds qui secouent les maisons, au passage... Jusqu'aux machines à usage domestique : le réfrigérateur, l'aspirateur. « Prenez garde, semblent-ils dire, je suis un génie enchaîné à votre service, mais que vous perdiez votre contrôle sur moi et... »

Un monde dangereux, ô combien!

Je remuai le liquide écumeux dans la tasse posée devant moi. L'odeur en était agréable.

— Et avec ça, monsieur? Un beau sandwich à la banane et au bacon?

Cette association me parut étrange. Mais j'étais à Chelsea, autant me conformer aux habitudes de l'endroit. J'acceptai le beau sandwich proposé.

Bien qu'habitant Chelsea — depuis trois mois, dans un appartement meublé — je m'y sentais étranger à tout point de vue. J'écrivais un livre sur l'architecture mongole et, pour ce faire, j'aurais aussi bien pu habiter Hampstead ou Bloomsbury. Mon entourage m'était totalement indifférent : je vivais dans mon univers personnel.

Ce soir-là, cependant, j'avais éprouvé l'une de ces crises de dégoût bien connues des écrivains.

L'architecture mongole, les empereurs mongols, toutes les particularités de la vie mongole étaient devenus pour moi brusquement poussière et cendres. Que m'importaient-ils? Pourquoi voulais-je en écrire?

Je relus mon travail. Il me parut mauvais, pauvre de style et totalement dépourvu d'intérêt.

Je repoussai mon manuscrit et jetai un coup d'œil à ma montre. Il était près de onze heures. « Avais-je dîné? Non, me répondit mon estomac. » Quant au déjeuner, il était loin.

Il ne restait dans le réfrigérateur qu'un morceau de langue desséchée qui ne me tenta nullement. C'est pourquoi je descendis King's Road et entrai, au hasard, dans un café dont l'enseigne proclamait en lettres au néon rouge le nom : *Luigi*.

Assis devant mon sandwich à la banane et au bacon, je songeais donc aux bruits de la vie moderne, au mal, toujours plus impressionnant que le bien, à la stabilité destinée à vaincre toujours.

Le percolateur resiffla à mon oreille. Je réclamai une autre tasse de café et regardai autour de moi. L'une de mes sœurs m'avait accusé de n'être pas observateur, de ne rien remarquer de ce qui m'entourait. A présent consciencieusement, je prenais note de tout.

La lumière était assez pauvre, au café, et l'on y voyait mal. La clientèle était presque exclusivement composée de jeunes gens. Les filles me parurent sales, comme la plupart d'entre elles, aujourd'hui. Elles semblaient aussi trop chaudement vêtues.

J'avais déjà remarqué cela quelques semaines auparavant en déjeunant avec des amis. Notre voisine, une jeune fille d'une vingtaine d'années, portait, malgré la température, un épais chandail jaune, une jupe noire et des bas de laine noire. Elle avait le visage luisant de transpiration et émettait une puissante odeur de laine saturée de sueur et de cheveux mal lavés. Elle était, selon mes amis, très séduisante. Quant à moi, je n'avais qu'un désir : la jeter dans un bain chaud avec un bon morceau de savon et l'ordre d'en user énergiquement! Ce qui, je pense, montrait à quel point j'étais peu de mon époque. Peut-être était-ce dû à ma vie à l'étranger. Je me rappelais avec plaisir ces Hindous et leurs beaux cheveux noirs, leur saris aux brillantes couleurs, aux plis si gracieux suivant les moindres mouvements du corps...

Une exaspération soudaine du bruit m'arracha à ces souvenirs agréables. Deux jeunes personnes, à une table proche de la mienne, se querellaient. Leurs compagnons tentaient, sans succès, de les calmer.

Brusquement, l'une des filles gifla l'autre qui réagit en l'arrachant de sa chaise. Elles s'empoignèrent comme des harengères, hurlant des grossièretés. L'une était une rousse ébouriffée, l'autre avait des cheveux raides et blonds.

Des cris d'encouragement vinrent des autres tables.

— Vas-y! Fiche-lui une trempe, Lou!

Derrière le bar, le présumé Luigi, un individu de type italien, intervint avec le plus pur accent cockney.

— Eh, là-bas, ça va! Ça suffit comme ça! Les flics vont rappliquer! Ça suffit, je vous dis!

Mais la blonde tenait la rousse aux cheveux et tirait avec rage.

— Tu n'es qu'une garce! Une voleuse d'hommes!

— Garce toi-même!

Luigi et les cavaliers de ces demoiselles les séparèrent. Triomphalement, la blonde brandit deux belles touffes de cheveux roux, puis les jeta à terre.

La porte s'ouvrit brusquement et un représentant de l'autorité se dressa sur le seuil.

— Que se passe-t-il, ici?

Immédiatement, ils firent front commun contre l'ennemi.

— On s'amuse, répondit un des jeunes gens.

— Oui, appuya Luigi. Ils s'amusent, entre amis.

Du pied, il avait repoussé les touffes de cheveux sous une table. Les intéressés échangèrent des sourires forcés sous l'œil soupçonneux de l'agent.

— Nous partions, dit la blonde d'une voix douce. Viens, Dough.

Comme par hasard, d'autres clients jugèrent bon de s'éloigner au même moment. L'agent les suivit du regard. « Ça allait, pour cette fois. Mais... il les aurait à l'œil! » puis il se retira.

Le cavalier de la rousse régla l'addition.

— Ça va? demanda Luigi à la jeune fille qui nouait une écharpe sous son menton. Lou vous a salement sonnée! Vous arracher les cheveux comme ça!

— Cela ne m'a pas fait mal, répondit-elle avec nonchalance (Elle lui sourit.) Excusez-nous, Luigi.

Ils sortirent. Le bar, maintenant, était pratiquement vide. Je cherchai de la monnaie.

— Elle a du cran, on peut dire, remarqua Luigi, appréciateur.

Il s'empara d'un balai et expédia les touffes de cheveux sous le comptoir.

— Ça a dû être atroce, dis-je.

— Si ç'avait été moi, j'aurais hurlé, admit Luigi. Mais cette Tommy, elle a du cran.

— Vous la connaissez bien?

— Oh, elle vient ici presque chaque soir. Son nom c'est Tuckerton. Thomasina Tuckerton. Mais, par ici, on l'appelle Tommy Tucker. Elle est pourrie de fric, avec ça. Son vieux lui a laissé une fortune. Et qu'est-ce qu'elle fait? Elle vit dans une chambre sordide à mi-chemin de Wandsworth Bridge et elle traînaille avec une bande de types comme elle. Ça me renverse. Ils ont presque tous de l'argent. Ils pourraient s'acheter n'importe quoi; habiter au Ritz s'ils le voulaient, mais la vie qu'ils mènent semble les exciter. Moi, ça me cisaille!

Je lui demandai quel était le motif de la querelle.

— Oh, Tommy a fauché le petit ami de l'autre fille. Il ne vaut pas une bataille, je vous prie de me croire!

***

Une semaine plus tard, un nom retint mon attention dans la rubrique nécrologique du *Times*.

Tuckerton. « Le 2 octobre, à la clinique de Fallowfield, Amberly, Thomasina Ann, à l'âge de vingt ans, fille unique de feu Thomas Tuckerton esq. de Carrington Park, Amberly, Surrey. Obsèques dans l'intimité. Pas de fleurs. »

Pas de fleurs pour la pauvre Tommy Tucker et plus « d'excitation » à Chelsea. Une pitié passagère pour les Tommy Tucker de nos jours m'envahit. Mais, après tout, qui me prouvait que mon point de vue était le bon? N'était-ce pas moi qui gâchais ma vie, plongé dans des livres?

Je chassai Tommy Tucker de mes pensées et me consacrai à mon courrier.

La pièce maîtresse était une lettre de ma cousine Rhoda Despard me demandant un service. Je me saisis avec joie de cette occasion de ne pas travailler et sortis.

Je hélai un taxi et me fit conduire chez une de mes amies. Mrs Ariadne Oliver, auteur de romans policiers bien connu. Sa femme de chambre, Milly, était un redoutable dragon qui la gardait des attaques du monde extérieur. Elle vint ouvrir à mon coup de sonnette.

Je levai un sourcil interrogateur. Milly hocha vivement la tête.

— Montez, monsieur Mark! dit-elle. Elle est de mauvaise humeur, ce matin. Peut-être l'aiderez-vous à en changer.

Je gravis deux étages, frappai légèrement à une porte et franchis celle-ci sans attendre de réponse. Le cabinet de travail de Mrs Oliver était une vaste pièce aux murs tapissés de papiers ornés d'oiseaux exotiques, nichés dans des feuillages tropicaux. Mrs Oliver, qui paraissait aux limites de la démence, arpentait son bureau en parlant toute seule. Elle me jeta un regard dépourvu d'intérêt et continua de marcher, fermant de temps à autre les yeux comme sous l'empire d'une horrible souffrance.

— Mais pourquoi, disait-elle, pourquoi cet idiot n'a-t-il pas dit tout de suite avoir vu le cacatoès? Pourquoi? Il n'a pas pu ne pas le voir? Mais, s'il en parle, cela ruine tout! Il doit y avoir un moyen... oui...

Elle grogna, saisit ses cheveux courts et gris à pleines mains. Puis, brusquement, elle me vit.

— ... Bonjour, Mark. Je deviens folle. Et puis, il y a cette Monica! Plus j'essaye de la faire agréable, plus elle est crispante... une fille stupide... et bourgeoise avec ça! Monica... Monica? C'est peut-être une question de prénom... Susan? J'en ai déjà une. Lucia? *Lucia?* Il me semble la voir, celle-là! Une rousse... un collant noir? Des bas noirs, en tout cas.

Le souvenir du cacatoès effaça cet instant d'exaltation et Mrs Oliver reprit sa promenade, saisissant au passage, sans les regarder, des bibelots qu'elle reposait ailleurs. Puis elle mit ses lunettes dans une boîte laquée contenant déjà un éventail chinois et poussa un profond soupir.

— Je suis heureuse que ce soit vous.

— C'est fort aimable à vous.

— Cela aurait pu être n'importe qui d'indésirable et cette histoire de cacatoès me rend folle.

— Oui, parfois la sauce ne prend pas, remarquai-je. Peut-être ferais-je mieux de partir?

— Non, n'en faites rien. De toute façon, vous me distrayez.

J'avalai ce compliment douteux.

— Voulez-vous une cigarette? Elles sont quelque part. Regardez dans le couvercle de la machine à écrire.

— J'ai les miennes, merci. Tenez. Oh, c'est vrai, vous ne fumez pas.

— Ni ne bois, je le regrette bien. Cela paraît résoudre tous les problèmes de ces détectives américains qui ont toujours un flacon d'eau-de-vie sur eux. Savez-vous, Mark, je me demande comment les gens s'en tirent dans la vie quand ils commettent un meurtre? J'ai l'impression que cela saute aux yeux aussitôt.

— C'est ridicule. Vous en avez commis pas mal, pour votre part.

— Cinquante-cinq au moins. Le meurtre, en soi, est facile. C'est le couvrir qui est difficile. Et, pour moi, c'est affreux.

— Vous avez réussi cinquante-cinq fois, vous gagnerez une fois de plus.

— C'est ce que je me répète. Mais, chaque fois, je n'y crois pas et je souffre le martyre.

Elle s'empoigna de nouveau les cheveux et tira dessus avec vigueur.

— Arrêtez! criai-je. Vous allez tout arracher.

— C'est stupide. Cela tient bien, un cheveu. Pourtant, quand j'ai eu la rougeole à quatorze ans, avec une forte fièvre, ils sont tombés, sur le devant. Ils ont mis six mois à repousser. C'est affreux, pour une fille. J'y songeais, hier, en rendant visite à Mary Delafontaine, à la clinique. Ses cheveux tombent comme tombaient les miens. Elle devra porter une perruque, quand elle ira mieux. A soixante ans, ils ne doivent vraisemblablement pas repousser.

— J'ai vu une fille arracher les cheveux d'une autre fille, l'autre soir, dis-je du ton satisfait de quelqu'un qui connaît la vie.

— Dans quel endroit extraordinaire étiez-vous?

— A Chelsea, dans un café.

— Oh, Chelsea! Tout peut y arriver, j'imagine. Je n'en parle jamais. J'aurais peur de ne pas employer les mots qui conviennent. Il vaut mieux, à mon avis, se cantonner dans ce que l'on connaît. Mais, cependant, j'aimerais que vous m'emmeniez dans un bar de Chelsea, à l'occasion.

— Quand vous le voudrez. Ce soir?

— Non. Je suis trop occupée à écrire, ou plus exactement à me tracasser parce que je ne puis pas écrire. Dites-moi, Mark, pensez-vous qu'il soit possible de tuer quelqu'un à distance?

— Qu'entendez-vous par là? En pressant un bouton?... le rayon de la mort?

— Non, non, pas de science-fiction. (Elle s'interrompit, songeuse.) Je pense à la vraie magie noire.

— Des figurines de cire bardées d'épingles?

— Oh! c'est démodé, dit Mrs Oliver dédaigneuse. Mais il se passe des choses étranges en Afrique et aux Antilles. On ne fait que parler de ces indigènes qui meurent brusquement. C'est du Vaudou ou bien... enfin, vous voyez ce que je veux dire.

— On attribue ces faits, aujourd'hui, dis-je au pouvoir de la suggestion. On fait savoir à la victime désignée que sa mort a été décidée par l'homme-médecine... et le subconscient fait le reste.

Mrs Oliver renifla de mépris.

— Que quelqu'un me laisse entendre que je suis condamnée à me coucher pour attendre la mort et je me ferai un plaisir de contrecarrer ses plans.

Je ris.

— Vos veines charrient un sang chargé de siècles de bon scepticisme occidental. Vous manquez de prédispositions.

— Ainsi, vous croyez que cela *peut* arriver?

— Je ne connais pas assez la question pour en juger. Qui vous a mis cela dans la tête? Votre nouveau chef-d'œuvre s'intitulera-t-il « Meurtre par suggestion »?

— Non, vraiment. De la bonne vieille mort-aux-rats ou de l'arsenic me suffisent. Ou un instrument contondant bien honnête. Pas d'armes à feu autant que possible, c'est trop fourbe. Mais vous n'êtes pas venu ici pour parler de mes livres.

— Franchement, non... en fait, ma cousine Rhoda Despard donne une fête de charité et...

— Jamais plus! Savez-vous ce qui est arrivé la dernière fois? J'avais arrangé une chasse au meurtrier et l'on a découvert *un vrai cadavre*. Je ne m'en suis jamais remise.

— Il ne s'agit de rien de semblabe. Tout ce que

vous aurez à faire sera de signer vos œuvres... cinq shillings chaque fois.

— Euh... Cela pourrait aller. Je n'aurai pas à inaugurer la fête, à dire des bêtises ou à porter un chapeau?

Je la rassurai : on ne lui demanderait rien de tout cela.

— Et cela ne durera qu'une heure ou deux, dis-je, enjôleur. Ensuite, il y aura un match de cricket — quoiqu'à cette époque de l'année... Des danses enfantines peut-être; un concours de costumes...

Mrs Oliver m'interrompit d'un cri sauvage.

— Voilà! hurla-t-elle. *Une balle de cricket!* Naturellement! Il la voit, par la fenêtre... montant en l'air... cela distrait son attention et il ne voit pas le cacatoès! Quelle chance que vous soyez venu, Mark. Vous avez été magnifique.

— Je ne saisis pas...

— Vous, peut-être pas, mais moi, oui. Je n'ai pas de temps à perdre pour vous expliquer. J'ai été ravie de vous voir, mais j'aimerais que vous partiez, à présent. Tout de suite.

— Certainement. Au sujet de la fête...

— J'y penserai. Ne m'ennuyez pas. Où ai-je mis mes lunettes? C'est incroyable la façon dont les objets disparaissent...

CHAPITRE II

Mrs Gerahty ouvrit la porte du presbytère avec sa brusquerie habituelle. Elle donnait moins l'impression de répondre à un coup de sonnette que d'effectuer une manœuvre triomphante, proclamant : « Je vous y prends, cette fois! »

— Alors quoi, qu'est-ce que vous voulez? demanda-t-elle, hargneuse.

Un enfant se tenait sur le seuil, un garçon parfaitement insignifiant. Il renifla parce qu'il avait un rhume de cerveau.

— C'est bien ici que le prêtre habite?

— C'est le Père Gorman que vous voulez?

— On le demande.

— Qui, où, et pour quoi faire?

— Benthall Street, 23. Il y a une femme qui dit qu'elle va mourir. Mrs Coppins m'a envoyé. C'est bien la maison d'un curé, hein? La femme, elle a dit que le pasteur il ne ferait pas l'affaire.

Mrs Gerahty le rassura sur ce détail essentiel, lui dit d'attendre et disparut à l'intérieur du presbytère. Trois minutes plus tard environ, un prêtre de haute taille, d'un certain âge, fit son apparition, une petite valise à la main.

— Je suis le Père Gorman, dit-il. Benthall Street? Ne passe-t-elle pas devant le dépôt de chemin de fer?

— Tout juste. C'est à deux pas.

Ils s'éloignèrent côte à côte, le prêtre marchant à grandes enjambées.

— Mrs... Coppins, as-tu dit?

— C'est elle la propriétaire de la maison. Elle loue des chambres. C'est une des locataires qui vous demande. Elle s'appelle Davis, je crois.

— Davis, je me demande si... Je ne me souviens pas...

— Oh! c'est une des vôtres. Une catholique, je veux dire. Elle ne veut pas du pasteur.

Le prêtre hocha la tête. Ils arrivèrent bientôt à Benthall Street. Le garçon indiqua une haute maison terne parmi d'autres bâtisses semblables.

— C'est là.

— N'entres-tu pas?

— J'habite pas là. Mrs Coppins m'a donné un shilling pour la commission.

— Ah! bon. Comment t'appelles-tu?

— Mike Potter.

— Merci, Mike.

— Il n'y a pas de quoi, répondit le garçon qui s'éloigna en sifflant, apparemment peu affecté par la mort proche d'une de ses semblables.

Mrs Coppins accueillit son visiteur avec enthousiasme.

— Entrez, entrez. Elle est au plus mal. C'est à l'hôpital qu'elle devrait être, pas ici. J'y ai téléphoné, mais Dieu sait quand ils se décideront à venir. Six heures que le mari de ma sœur a dû attendre avec une jambe cassée! C'est une honte, je vous le dis!

Tout en parlant, elle précédait le prêtre dans un escalier à cage étroite.

— Que lui est-il arrivé?

— Elle a attrapé la grippe. Elle a paru mieux. Mais elle est sortie trop tôt. Quand elle est rentrée, hier soir, elle avait une mine de déterrée. Je l'ai mise au lit. Elle n'a rien voulu manger et a refusé de voir un médecin. Ce matin, je me suis aperçue qu'elle avait une forte fièvre. Ça lui était tombé sur la poitrine.

— Pneumonie?

Mrs Coppins, hors d'haleine, émit une sorte de sifflement de machine à vapeur qui pouvait passer pour un assentiment. Elle ouvrit une porte avec vigueur, s'effaça pour laisser passer le prêtre et dit d'un ton jovial :

— Voilà le Révérend pour vous. Maintenant, vous allez vous remettre.

La chambre était propre, bien rangée. La femme,

dans le lit, tourna la tête avec effort. Elle était très malade, c'était visible.

— Vous êtes venu... il ne reste plus beaucoup de temps, murmura-t-elle, haletante... une telle perversité... il faut... je ne peux pas mourir comme ça... je veux me confesser... c'est grave, très grave...

Ses yeux vacillèrent. Des paroles sans suite s'échappèrent de ses lèvres.

Le Père Gorman s'approcha du lit et parla comme il l'avait fait si souvent déjà, avec autorité, réconfort. Il sut trouver les mots propres à son ministère, à sa foi. La paix entra dans la chambre. La souffrance quitta le regard torturé...

— Arrêtez... il faut arrêter cela... vous le ferez? reprit la femme quand elle eut reçu les Saintes Huiles.

— Ayez confiance. Je ferai le nécessaire, assura le prêtre.

Un médecin et une ambulance arrivèrent peu après.

— Trop tard, comme d'habitude, dit Mrs Coppins d'un ton de sinistre triomphe. Elle est morte...

*
* *

Le Père Gorman rentrait chez lui dans la pénombre grandissante. Le brouillard montait. Un instant, le prêtre s'arrêta, sourcil froncé. « Quelle histoire extraordinaire... Pour combien devait-elle au délire, à la fièvre? » Il y avait en elle une part de vérité, certainement, mais laquelle? Cependant, autant noter certains noms pendant qu'il s'en souvenait encore avec précision. La Guilde de Saint François serait réunie à son arrivée chez lui. Brusquement, il pénétra dans un petit café, commanda une tasse de café, s'assit et mit la main dans la poche de sa soutane.

Ah, cette Mrs Gerahty! Elle avait, une fois de plus, oublié de recoudre sa doublure. Son agenda, son crayon et sa monnaie avaient traversé la poche. Il parvint à repêcher le bout de crayon et une ou deux pièces, mais il ne réussit pas à atteindre le calepin. On lui apporta son café et il demanda une feuille de papier.

— Ça vous ira, ça?

Il s'agissait d'un vieux sac. Le Père Gorman l'accepta et commença d'écrire. Les *noms*, tout d'abord. C'était primordial...

La porte du café s'ouvrit, livrant passage à trois jeunes gens qui s'installèrent avec bruit.

Le prêtre acheva sa liste et plia le morceau de papier. Il était sur le point de le mettre dans sa poche lorsqu'il se souvint de la déchirure de celle-ci et, adoptant un procédé déjà maintes fois employé, il glissa le billet dans une de ses chaussures.

Un homme, entré discrètement, s'assit dans le fond du café. Le Père Gorman but une gorgée du pâle breuvage contenu dans sa tasse, paya et sortit.

L'homme qui venait d'arriver parut changer d'avis. Il jeta un coup d'œil à sa montre et se précipita au-dehors.

Le brouillard s'épaississait très vite. Le Père Gorman hâta l'allure. Il connaissait bien le quartier. Peut-être avait-il conscience d'un bruit de pas derrière lui mais il n'y prêta pas attention. Pourquoi l'aurait-il fait?

Le coup de matraque le prit complètement par surprise. Il vacilla un instant et s'écroula.

***

Le docteur Corrigan pénétra en sifflant joyeusement dans le bureau de l'inspecteur Lejeune.

— J'ai terminé votre padre, dit-il, désinvolte.

— Et alors?

— Proprement matraqué. Il a dû être tué du premier coup, mais l'autre ne s'en est pas tenu là. Sale travail!

— Oui, dit Lejeune.

Solidement bâti, il avait les cheveux bruns et les yeux gris. Ses gestes vifs, tranchant sur un calme trompeur, trahissaient ses origines françaises.

— ... Plus sale que nécessaire pour un simple vol, ajouta-t- il, songeur.

— Etait-ce là le motif?

— Tout porte à le croire. Ses poches étaient retournées et la doublure de sa soutane arrachée.

— On ne pouvait pas s'attendre à trouver grand-chose sur lui. Les prêtres sont, pour la plupart, pauvres comme Job.

— On lui a écrasé la tête. Pourquoi?

— Je vois deux réponses possibles. Il a été attaqué par une petite crapule vicieuse qui tue pour le plaisir de tuer... ça ne manque pas, hélas!

— Ou encore?

Le médecin haussa les épaules.

— Quelqu'un en voulait à votre Père Gorman.

Lejeune secoua la tête.

— Pratiquement incroyable. Il était très populaire, fort aimé dans sa paroisse. On ne lui connaissait aucun ennemi. Quant au vol, c'est invraisemblable. A moins que...

— A moins que quoi? demanda Corrigan. Vous avez une piste? C'est cela?

— Il avait effectivement quelque chose sur lui... dans sa chaussure.

Corrigan émit un sifflement.

— On dirait une histoire d'espionnage.

Lejeune sourit.

— C'est plus simple que cela. Sa poche avait un trou. Le sergent Dine a interrogé sa gouvernante. Elle semble un peu négligente et ne réparait pas les vêtements du prêtre comme elle l'aurait dû. Elle a admis que le Père Gorman, de temps à autre, glissait une lettre ou un papier dans sa chaussure... pour l'empêcher de descendre dans la doublure de sa soutane.

— Et l'assassin ignorait cela?

— Il n'y a sûrement pas pensé. En admettant qu'il ait voulu s'approprier ce chiffon de papier plutôt qu'une misérable somme en piécettes.

— Qu'y a-t-il sur ce papier?

Lejeune fouilla dans un tiroir et produisit un morceau de papier froissé.

— Une liste de noms.

Corrigan les regarda avec curiosité :

Ormerod.

Sandford.

Parkinson.

Hesketh-Dubois.

Shaw.

Harmondsworth.

Tuckerton.

Corrigan?

Delafontaine?

— Mais je suis sur cette liste! s'écria le médecin.

— L'un de ces noms vous dit-il quelque chose?

— Aucun.

— Et vous n'avez jamais rencontré le Père Gorman?

— Jamais.

— Alors, vous ne nous serez pas d'une grande utilité.

— Vous avez une idée de ce que signifie cette liste... si elle a un sens?

Lejeune ne répondit pas directement.

— Vers sept heures, un garçon est venu chercher le Père Gorman. Une moribonde voulait voir le prêtre, a-t-il dit. Le Père Gorman est parti avec lui.

— Où cela? Vous le savez?

— Nous n'avons pas mis longtemps à le trouver. 23, Benthall Street. La maison appartient a une certaine Mrs Coppins. La malade s'appelait Davis. Le prêtre y est arrivé à sept heures et quart. Il est resté environ une demi-heure. Mrs Davis est morte juste avant l'arrivée de l'ambulance qui devait la transporter à l'hôpital. Nous avons retrouvé la trace du Père Gorman dans un petit café de troisième ordre. Parfaitement honnête, au demeurant. Le Père Gorman a demandé une tasse de café. Puis, selon toute vraisemblance, il a fouillé dans sa poche, n'a pas trouvé ce qu'il cherchait et a demandé à Tony — le propriétaire — un morceau de papier. Celui-ci.

— Et ensuite?

— Tony l'a vu écrire dessus. Il est parti peu après sans avoir bu son café — ce dont je n'aurais garde de le blâmer!

— Il n'y avait personne d'autre sur place?

— Trois garçons et un homme d'un certain âge qui est reparti sans avoir rien pris.

— Il a suivi le prêtre?

— Cela se pourrait. Tony ne l'a pas vu partir. Il n'a pas remarqué non plus à quoi il ressemblait. Le genre d'homme auquel on ne fait pas attention. Taille moyenne, croit-il, un manteau bleu ou brun. Des cheveux ni blonds, ni bruns. Il n'y a pas de raison pour qu'il ait eu quelque chose à voir dans cette affaire. Il ne s'est pas encore manifesté. Nous avons demandé à toutes les personnes qui auraient vu le prêtre entre huit heures moins le quart et huit heures un quart de se mettre en rapport avec nous. Seuls une femme et un pharmacien qui a une boutique dans le voisinage se sont présentés. Je vais les voir dans un instant. Le cadavre a été trouvé à huit heures quinze par deux petits garçons dans West Street. Vous connaissez? Une ruelle bordée d'un côté par la voie de chemin de fer.

Corrigan pianota sur le papier.

— Votre impression à ce sujet?

— Je crois l'objet important, répondit Lejeune.

— La moribonde lui a fait une révélation et il a inscrit ces noms avant de risquer de les oublier? L'aurait-il fait s'il était tenu par le secret de la confession?

— Rien ne prouve qu'il ait été tenu au secret. Admettons, par exemple, que les gens dont il a noté les noms aient trempé... disons dans une histoire de chantage. C'est une simple hypothèse. Ces gens ont pu être victimes d'un chantage. La morte était elle-même le maître chanteur ou elle était au courant de l'affaire. Repentir, confession, désir de réparer dans la mesure du possible et le Père Gorman en aurait assumé la responsabilité.

— Et ensuite?

— Tout le reste n'est que supposition. Il devait s'agir d'une affaire rentable et quelqu'un entendait que cela continue. On a su Mrs Davis mourante et désireuse de voir un prêtre. Le reste s'impose.

— Je me demande, remarqua Corrigan en étudiant le papier, pourquoi il y a un point d'interrogation à la suite des deux derniers noms?

— Le Père Gorman n'était peut-être pas sûr de leur exactitude.

— Cela pouvait être Mulligan au lieu de Corrigan, dit le médecin avec une grimace. Mais, Delafontaine est un nom que l'on retient... Parkinson... il y en a des tas... Sandford, ce n'est pas si fréquent...

Hesketh-Dubois... on en a plein la bouche de celui-ci. Il ne doit pas y en avoir beaucoup.

Obéissant à une impulsion, il saisit l'annuaire du téléphone, sur le bureau.

— Voyons, Hesketh, Mrs A... John et C°, plombiers... Sir Isidore. Ah! nous y sommes! Hesketh-Dubois lady, 59, Ellesmere square, S.W. 1. Et si on l'appelait?

— Pour lui dire quoi?

— L'inspiration viendra, répondit le médecin d'un ton léger.

Lejeune décrocha le récepteur.

— Donnez-moi l'inter, je vous prie. (Il regarda Corrigan.) Quel numéro?

— Grosvenor 64578.

Lejeune le répéta et tendit le combiné au médecin.

— Amusez-vous.

Un peu embarrassé, Corrigan saisit l'appareil et attendit. La sonnerie résonna à plusieurs reprises avant qu'une femme à la respiration haletante répondît.

— Ici Grosvenor 64578.

— Suis-je chez lady Hesketh-Dubois?

— Euh... oui, mais...

— Puis-je lui parler, je vous prie?

— Ah! non, ça n'est pas possible! Lady Hesketh-Dubois est morte au mois d'avril dernier.

— Oh!

Sans répondre à la femme qui lui demandait son nom, Corrigan replaça doucement l'appareil sur son crochet.

— C'est pour ça que vous étiez disposé à me laisser appeler? demanda-t-il d'un ton froid.

Lejeune sourit avec malice.

— Nous ne négligeons rien, remarqua-t-il.

— En avril dernier, fit Corrigan, songeur. Il y a

cinq mois de cela. Cinq mois pendant lesquels un chantage — si c'est cela — a cessé de la tourmenter. Elle ne s'est pas suicidée?

— Non. Elle est morte d'une tumeur au cerveau.

— Il nous faut recommencer au début.

Lejeune soupira.

— Et nous ne savons même pas si cette liste a une valeur quelconque. Il peut ne s'agir que d'un matraquage par temps de brouillard et, sans un bon coup de chance, il y a peu d'espoir de trouver jamais le coupable.

— Verriez-vous un inconvénient à ce que je continue à étudier cette liste? demanda le médecin.

— Allez-y. Je vous souhaite toute la veine possible.

— Ce qui veut dire qu'il est invraisemblable de trouver quelque chose si vous échouez. N'en soyez pas si sûr. Je vais me concentrer sur ce Corrigan, monsieur, madame ou mademoiselle, avec un grand point d'interrogation.

CHAPITRE III

— Vraiment, monsieur je ne vois pas ce que je pourrais vous dire de plus! J'ai déjà tout raconté à votre sergent. J'ignore qui était Mrs Davis et d'où elle venait. Elle est restée chez moi environ six mois. Elle payait régulièrement ses loyers et paraissait tranquille et respectable. Je suis sûre de ne rien savoir de plus.

Mrs Coppins s'arrêta pour reprendre haleine et jeta à Lejeune un regard réprobateur. Il lui dédia son doux sourire mélancolique qui avait déjà fait ses preuves.

— Non que je refuserais de rendre service, si je le pouvais, ajouta-t-elle.

— Merci. C'est ce dont nous avons besoin. Les femmes ont un instinct tellement plus sûr que celui des hommes.

— Ah! soupira Mrs Coppins. Si Coppins pouvait vous entendre! Une vraie tête à l'évent et m'accusant de parler de ce que j'ignorais. Alors que j'avais raison, neuf fois sur dix.

— C'est pourquoi j'aimerais connaître votre opinion sur Mrs Davis. Pensez-vous qu'elle ait été... malheureuse?

— A proprement parler, non. Elle semblait aimer le travail, la méthode. Elle avait l'air de vivre suivant un plan bien tracé. D'après ce que j'ai compris, elle était employée par une de ces maisons qui dressent des statistiques sur la consommation en général. Elle sonnait aux portes, demandant aux gens quel genre de lessive, de farine ils employaient; combien ils consacraient à leur budget. Pour ma part, j'ai toujours trouvé cette façon d'agir parfaitement indiscrète et je me demande comment le gouvernement tolère ça! Et à quoi ça sert, voulez-vous me le dire? Mais c'est à la mode!

— Connaissez-vous le nom de la maison qui l'employait?

— Non. Je ne vois pas...

— A-t-elle mentionné le nom d'un parent parfois?

— Non. J'ai cru comprendre qu'elle était veuve depuis plusieurs années. Son mari aurait été invalide. Elle n'en parlait jamais beaucoup.

— N'a-t-elle jamais dit d'où elle venait, de quel coin du pays?

— Je ne crois pas qu'elle ait été londonienne. Elle devait être du Nord.

— Vous n'avez jamais eu l'impression qu'elle avait quelque chose de... mystérieux?

C'était là une question gênante si Mrs Coppins était influençable. Mais elle ne saisit pas l'occasion qui lui était offerte.

— Vraiment, non. Pas dans sa façon de parler, en tout cas. Une seule chose m'a fait réfléchir : sa valise. De bonne qualité, mais pas neuve. Quant aux initiales, on les avait effacées et remplacées par d'autres : J. D. pour Jessie Davis. Mais, à l'origine, c'était J et quelque chose d'autre. H, peut-être, ou A. Remarquez qu'on peut acheter du beau bagage d'occasion à un prix très intéressant et on fait changer les initiales. Elle n'avait pas grand-chose. Juste cette valise.

Lejeune connaissait ce détail. La morte possédait très peu d'objets personnels. Elle n'avait gardé aucune lettre, aucune photo. Elle semblait n'avoir ni police d'assurance ni carnet de chèques. Ses vêtements étaient simples, de bonne qualité et presque neufs.

— Semblait-elle heureuse?

— Je le crois.

— Vous n'en êtes pas certaine?

— Eh bien, c'est une chose à laquelle on ne réfléchit pas. Elle avait une bonne place, et sa vie lui convenait. Elle n'était pas démonstrative. Mais, évidemment, quand elle est tombée malade...

— Oui? insista Lejeune.

— Au début, elle a été vexée. Comme elle le disait, cela flanquait tous ses projets par terre. Mais la grippe, c'est la grippe. Elle a bien dû garder le lit. Elle se faisait elle-même du thé et le prenait avec de l'aspirine. Je lui ai proposé d'appeler le médecin. Elle a refusé, disant que la grippe se soignait toute seule. Quand elle s'est sentie mieux, je lui ai fait un peu de cuisine. Elle était déprimée, bien sûr, mais c'est normal quand la fièvre tombe. Je me souviens, elle s'asseyait là, à côté du feu et, une fois, elle m'a dit : « Je voudrais bien ne pas avoir le temps de *penser*. Je n'aime pas ça, cela me donne le cafard. »

Lejeune l'écoutait très attentivement et Mrs Coppins poursuivit avec fougue :

— ... Je lui ai prêté des revues. Mais elle ne paraissait pas capable de s'intéresser à la lecture. Elle m'a dit, je me le rappelle bien : « Si les choses ne sont pas ce qu'elles devraient être, il vaut mieux ne pas le savoir, n'est-ce pas votre avis? » « C'est vrai », ai-je répondu. Elle a continué : « Je ne sais pas... je n'ai jamais été *certaine*. » J'ai fait remarquer qu'alors, tout était bien. Mais elle a ajouté : « Tout ce que j'ai entrepris a toujours été parfaitement honnête. Je n'ai rien à *me* reprocher. » Je l'ai rassurée : « Mais non, bien sûr! » Mais je me demande si la maison qui l'employait ne faisait pas quelque trafic louche avec la comptabilité, par exemple, qu'elle en aurait eu vent mais qu'elle s'était dit que cela ne la regardait pas.

— C'est possible, admit Lejeune.

— En tout cas, elle s'est rétablie — ou presque — et elle a repris son travail. Je lui ai dit que c'était trop tôt, qu'elle devait d'accorder un ou deux jours supplémentaires. Et j'avais bien raison! Le lendemain, elle est revenue avec une fièvre de cheval. C'est tout juste si elle a pu grimper les escaliers. Elle a encore refusé le médecin. Son état n'a fait qu'empirer. Le deuxième jour, elle m'a dit — et c'est tout juste si je l'ai comprise : « Un prêtre. Je dois voir un prêtre. Vite, ou il sera trop tard. Elle a précisé : « Un prêtre catholique. » J'ai vu le petit Mike dans la rue et je l'ai envoyé chercher le Père

Gorman. Puis j'ai pris sur moi de téléphoner au médecin et à l'hôpital.

— Vous avez reçu le prêtre, à son arrivée?

— Oui. Je les ai laissés ensemble.

— Qu'ont-ils dit?

— Je ne sais pas exactement, mais en refermant la porte, je l'ai entendu parler de perversité et aussi d'un cheval... un cheval de course, peut-être...

*
* *

Il n'y avait rien à apprendre des trois autres locataires de la maison. Deux d'entre eux, un employé de banque et un homme d'un certain âge qui travaillait dans un magasin de chaussures, habitaient au même endroit depuis des années. Le troisième était une jeune fille de vingt-deux ans, arrivée depuis peu et employée dans un grand magasin du quartier. Tous trois connaissaient à peine Mrs Davis.

La femme qui déclara avoir vu le Père Gorman dans la rue le soir du crime n'avait fait que l'apercevoir, alors qu'il entrait chez Tony, vers huit heures moins dix. C'était tout.

M. Osborne, le propriétaire de la pharmacie qui faisait l'angle de la Barton Street, eut mieux à dire.

C'était un petit homme d'âge moyen, au crâne chauve, au visage rond et ingénu. Il portait des lunettes.

— Bonsoir, inspecteur. Passons par-derrière, voulez-vous, proposa-t-il en soulevant le rabat de son comptoir à l'ancienne mode.

Lejeune traversa derrière lui une sorte d'alcôve où un jeune homme en blouse blanche emplissait des flacons avec la vivacité d'un prestidigitateur et pénétra dans une petite pièce meublée de deux fauteuils, d'une table et d'un bureau. Mr Osborne fit glisser le rideau fermant la porte, s'assit et fit signe à Lejeune de l'imiter. Il se pencha, l'œil brillant.

— Je suis en mesure de vous aider. Vu le mauvais temps la vente avait été calme, ma vendeuse suffisait. Je m'attardais sur la porte, regardant arriver le brouillard. La rue était déserte. Puis je vis, de l'autre côté de la rue, avancer le Père Gorman que je connaissais très bien de vue. Quelle horreur ce meurtre! S'en prendre à un homme comme lui! « Tiens, le Père Gorman », me suis-je dit. Il allait en direction de West Street, c'est la première à gauche avant la voie du chemin de fer. Un peu en retrait, venait un autre homme. Je ne l'aurais même pas remarqué s'il ne s'était pas arrêté brusquement à la hauteur de mon magasin. Je me demandais pourquoi il stoppait quand je me suis aperçu que le Père Gorman, un peu plus loin, ralentissait son allure. Il avait l'air tellement plongé dans ses pensées qu'il semblait oublier de marcher. Puis il est reparti à vive allure et l'autre en a fait autant. Je me suis dit qu'il connaissait le Père Gorman et qu'il voulait le rattraper pour lui parler.

— Mais, en fait, il s'est contenté de le suivre?

— Sur le moment, je n'y ai pas songé, à présent, j'en suis sûr. Mais le brouillard s'épaississait très vite et je les ai perdus de vue presque aussitôt.

— Pouvez-vous décrire cet homme?

Lejeune ne se faisait pas d'illusion. Il avait l'habitude des portraits qui n'en étaient pas. Mais Mr Osborne était d'une autre essence que le propriétaire de « chez Tony ».

— Oui, je le pense, dit-il avec complaisance. Il était grand...

— Grand? De quelle taille?

— Eh bien, un mètre quatre-vingts environ. Quoique sa minceur le faisait peut-être paraître plus grand qu'il n'était en réalité. Il avait des épaules tombantes et une pomme d'Adam proéminente. On voyait ses cheveux gris assez longs sous son chapeau; un nez remarquable : un véritable bec! Je n'ai évidemment pas remarqué la couleur de ses yeux; je ne l'ai vu que de profil. Il pouvait avoir cinquante ans, d'après sa démarche qui n'était pas celle d'un jeune homme.

Mentalement, Lejeune apprécia la distance séparant la pharmacie du trottoir d'en face et s'étonna. Une description telle que venait de faire le pharmacien pouvait être le fruit d'une imagination fertile. Les exemples ne lui manquaient pas. Mais, généralement, les gens brossent un portrait du « meurtrier type » selon eux, adorné de sourcils broussailleux, de mâchoires simiesques, d'yeux à l'expression féroce. La description donnée par Mr Osborne convenait à un être humain normal. Peut-être était-il le témoin idéal, l'observateur parfait...

Mais la distance était grande.

— Croyez-vous pouvoir reconnaître cet homme si vous le revoyiez? demanda Lejeune.

— Oh! oui, répondit Osborne avec une extrême assurance. Je n'oublie jamais un visage. C'est l'une de mes passions. J'ai toujours prétendu que si un assassin en puissance venait m'acheter de l'arsenic, je le confondrais devant un tribunal. Je n'en ai pas encore perdu l'espoir.

— Cela ne vous est jamais arrivé?

— Non, dit Mr Osborne, amer. Et il y a peu de chance, à présent. Je vends mon fonds. J'en reçois un joli prix et je me retire à Bournemouth.

— Vous m'avez l'air d'avoir une bonne affaire, ici.

— Elle a de la classe, reconnut Osborne avec orgueil. Cela fait près d'un siècle que la famille est établie ici. Mon grand-père et mon père m'ont précédé. Enfant, je ne voyais pas cela du même œil. Comme beaucoup de garçons de mon âge, alors j'étais un mordu du théâtre. J'étais persuadé de mon talent d'acteur. Mon père n'a pas cherché à m'arrêter : « Vois ce que tu peux faire, mon garçon, m'a-t-il dit. Tu te rendras compte que tu n'as rien d'Henry Irving. » Et il avait bien raison. Ça a duré dix-huit mois et je suis revenu. Je me suis intéressé à l'affaire. Nous avons toujours eu de la bonne marchandise. Mais, aujourd'hui (il secoua la tête), c'est déprimant pour un pharmacien. Tous ces articles de toilette que vous êtes forcé d'avoir, la moitié des bénéfices vient de ces saletés. De la poudre, du rouge, des crèmes, des shampooings, des trousses! Je ne m'en occupe pas. C'est ma vendeuse qui s'en charge. Non, en tant que pharmacien, je n'ai pas été habitué à ça! Quoi qu'il en soit, j'ai de gentilles économies, j'ai tiré du magasin un fort bon prix et j'ai fait le premier versement sur une charmante petite villa à côté de Bournemouth. Il faut savoir se retirer tant qu'on peut encore profiter de la vie. J'ai beaucoup de dadas : les papillons, les oiseaux, le jardinage. Je dispose d'une masse de livres consacrés au jardinage. Et, il y a les voyages. Je ferai peut-être une croisière... J'irai à l'étranger avant qu'il soit trop tard.

Lejeune se leva.

— Je vous souhaite bonne chance, dit-il. Et si, avant de quitter la région, vous revoyiez cet homme...

— Je vous le ferai savoir aussitôt. Vous pouvez compter sur moi. Ce sera un plaisir. Je suis très physionomiste. Je resterai sur le qui-vive. Oh! oui, faites-moi confiance!

CHAPITRE IV

LE RECIT DE MARK EASTERBROOK

Accompagné de mon amie Hermia Redcliffe, je sortis du *Old Vic* où nous avions assisté à une représentation de « Macbeth ». Il pleuvait à verse. Nous prîmes notre course vers l'endroit où j'avais parqué ma voiture et Hermia remarqua — fort injustement — qu'il pleuvait toujours à la sortie de l'*Old Vic*.

— Prendrons-nous notre petit déjeuner à Douvres? demanda ma compagne quand nous fûmes en route.

— Douvres? Quelle drôle d'idée! Je croyais que nous devions aller au *Fantaisie*. On a besoin de bien manger et de bien boire après les scènes sanglantes et ténébreuses de « Macbeth ». Shakespeare m'ouvre toujours l'appétit.

— C'est exact. Wagner me fait le même effet. J'ai parlé de Douvres parce que vous en prenez la direction.

— C'est à cause du sens unique.

— C'est possible, mais vous tournez en rond.

Comme toujours, Hermia avait raison.

Hermia Redcliffe était une belle jeune femme de vingt-huit ans. Elle avait un profil grec, presque parfait, et une masse de cheveux châtain foncé noués en chignon sur la nuque. Ma sœur n'en parlait jamais autrement que comme « l'amie de Mark » avec une intonation qui me portait sur les nerfs.

Au *Fantaisie*, nous reçûmes un accueil chaleureux et l'on nous désigna une petite table adossée au mur recouvert de velours cramoisi. Le *Fantaisie* jouissait d'une grande popularité et les tables y étaient très serrées. Nos voisins nous saluèrent avec enthousiasme. Il s'agissait de David Ardingly, professeur d'histoire, à Oxford et d'une de ses jeunes amies. Elle était très jolie et sa coiffure hérissée à la dernière mode ne parvenait pas à l'enlaidir. Elle avait d'immenses yeux bleus et une bouche perpétuellement entrouverte. Elle devait être remarquablement stupide. David, lui-même fort intelligent, ne trouvait de repos qu'auprès de filles pratiquement simples d'esprit.

— Voici ma favorite, Poppy, nous dit-il. Je te présente Mark et Hermia. Ce sont des intellectuels, essaye de te mettre à leur niveau. Je parie que vous venez de voir jouer Shakespeare ou Ibsen?

— Tout juste. « Macbeth », au *Old Vic*, dit Hermia. L'éclairage était bon et la scène du banquet excellente.

— Et les sorcières?

— Horribles! Comme toujours.

— L'autre soir, je songeais justement à l'influence du mal, dis-je.

— A propos de quoi?

— Oh! j'étais dans un café de Chelsea.

— Mais, bravo, Mark! C'est ce qui s'appelle vivre avec son temps. Chelsea! On y trouve des héritières déguisées en souris d'hôtel qui épousent de petites frappes arrivistes. C'est là que devrait aller Poppy, n'est-ce pas, mon chou?

La jeune fille écarquilla ses grands yeux.

— Je déteste Chelsea! protesta-t-elle. Je préfère de beaucoup le *Fantaisie!* C'est tellement plus joli et l'on y mange si bien.

— Bien, Poppy! D'ailleurs, tu n'es pas assez riche pour Chelsea. Parlez-moi un peu de « Macbeth » et des horribles sorcières, Mark. Quant à moi, si je mettais la pièce en scène, je les ferais représenter par de vieilles femmes matoises comme des sorcières de village.

— Mais cela n'existe plus! dit Poppy.

— Tu le crois parce que tu es londonienne. Chaque village anglais compte encore une sorcière. La vieille Mrs Black, troisième maison en haut de la colline. On recommande aux enfants de ne pas l'ennuyer. On lui donne des œufs, des gâteaux. Si on se met en travers de son chemin, le lait des vaches se tarit, les pommes de terre ne poussent plus, ou le petit Johnny se foule la cheville. Personne n'en parle mais on le *sait*!

— Tu plaisantes! s'écria Poppy.

— Nullement, n'est-ce pas, Mark?

— Sans doute as-tu raison, dis-je lentement. Mais je ne sais rien de précis. Je n'ai jamais beaucoup vécu à la campagne.

— Je ne vois pas comment vous pourriez faire interpréter les sorcières par de vieilles femmes ordinaires, remarqua Hermia. Il leur faut une personnalité surnaturelle.

— Mais c'est comme la folie. Un individu qui se démène, qui divague, les cheveux mêlés de brins de paille, enfin, qui a *l'air* fou, n'a rien d'effrayant. Mais je me souviens m'être trouvé dans la salle d'attente d'une maison de repos avec une vieille dame qui buvait un verre de lait. Elle fit quelques remarques peu compromettantes concernant le temps, puis, brusquement, elle s'est penchée vers moi et m'a demandé à voix basse : « Est-ce votre pauvre enfant que l'on a enseveli derrière la cheminée? » Elle a hoché la tête et : « Midi dix. Tous les jours à la même heure. Ayez l'air de ne pas voir le sang! »

C'est son ton parfaitement naturel qui m'a fait passer un frisson dans le dos.

— Y avait-il vraiment quelqu'un d'enseveli derrière la cheminée? s'inquiéta Poppy.

David ne lui répondit pas et poursuivit :

— ... Les médiums, par exemple. Une pièce plongée dans les ténèbres, une femme en transes, des craquements, des coups aux murs. Puis le médium se redresse, se tapote les cheveux et retourne chez soi pour faire un solide repas, comme tout le monde.

— Alors, dis-je, vos sorcières seraient trois vieilles corneilles douées de seconde vue et pratiquant leur art en secret, murmurant leurs incantations autour d'un chaudron fumant, conjurant les esprits, mais demeurant un trio de vieilles femmes parfaitement ordinaires. Oui... cela pourrait être impressionnant.

— Si vous trouviez des acteurs disposés à jouer de cette façon, dit Hermia d'un ton sec.

— Là, vous touchez à l'endroit sensible, admit David. La moindre allusion à la folie dans un manuscrit et les acteurs sont déchaînés! C'est la même chose quand il est question de mort subite. Pas un comédien n'accepte de mourir tranquillement. Il lui faut râler, se tordre, rouler des yeux blancs, s'agripper la poitrine, se saisir la tête à pleines mains, enfin, se donner en spectacle.

— Shakespeare aurait sans doute quelques surprises s'il voyait comment on le joue, aujourd'hui, dis-je.

— N'est-ce pas en fait un certain Bacon qui aurait écrit les Shakespeare? demanda Poppy.

— On a abandonné cette théorie, dit aimablement David. Et que sais-tu de Bacon?

— Il a inventé la poudre à canon! répondit Poppy triomphante.

David nous lança un coup d'œil.

— Vous comprenez pourquoi j'aime cette enfant? Elle sait des choses tellement surprenantes. Francis Bacon, ma chérie, pas Roger. Ce devait être bien commode, dans le temps, poursuivit-il, de faire signe à un meurtrier spécialisé quand vous aviez un petit travail à lui confier. Ce serait amusant, aujourd'hui.

— Mais cela existe encore, protesta Hermia. Et les gangsters, à Chicago?

— Mais non. Je pensais aux gens ordinaires qui rêvent de se débarrasser de quelqu'un. Le concurrent gênant; la tante Emily, si riche et qui s'accroche à la vie; un mari encombrant. Quel agrément si l'on pouvait téléphoner, dans un grand magasin, et dire : « Envoyez-moi deux tueurs. Première qualité. »

Nous rîmes.

— Mais on peut le faire! dit Poppy.

Nous nous tournâmes tous vers elle.

— De quelle façon, mon chou? demanda David.

— Eh bien, je veux dire, on peut le faire quand on veut... Des gens comme nous. Mais je crois que ça coûte très cher.

Les grands yeux de la jeune fille étaient parfaitement ingénus, ses lèvres entrouvertes.

— Mais, que veux-tu dire? s'étonna David. Poppy parut embarrassée.

— Oh... j'ai dû mal comprendre. Je parlais du « Pale Horse » et tout le reste.

— Un cheval *pâle*? Quelle espèce de cheval pâle?

Poppy rougit et baissa les yeux.

— Je suis bête. Quelqu'un, un jour, a parlé de quelque chose... j'ai dû comprendre de travers.

— Tiens, bois un peu, dit David avec douceur.

*
**

Il est amusant de constater que lorsqu'on a entendu parler de quelque chose d'inhabituel, on le mentionne de nouveau vingt-quatre heures plus tard. J'en eus la preuve le lendemain.

Le téléphone sonna et je décrochai :

— Flaxman 73841.

Une sorte de hoquet courut le long du fil. Puis une voix haletante, mais pleine de défi, me retentit à l'oreille :

— J'ai réfléchi et j'irai!

— Parfait, répondis-je en cherchant à gagner du temps. Euh... est-ce que...

— Après tout, poursuivit la voix, la foudre ne frappe jamais deux fois au même endroit.

— Etes-vous sûre d'avoir le numéro que vous désirez?

— Evidemment! Vous êtes Mark Easterbrook, n'est-ce pas?

— Oh! je comprends! Madame Oliver!

— Ne le saviez-vous pas? Je n'y avais pas songé. Il s'agit de la fête de Rhoda. J'irai signer mes livres.

— C'est charmant de votre part. Vous logerez chez elle, bien entendu.

— Il n'y aura pas de réception? s'inquiéta Mrs Oliver. Vous savez ce que c'est : les gens se précipitent sur vous pour vous demander ce que vous écrivez, même quand vous êtes en train de boire un jus de tomate! Je ne trouve jamais la réponse adéquate. Vous ne croyez pas qu'on m'emmènera prendre quelque chose au *Cheval rose*?

« Enfin, le *Cheval pâle*. Une auberge. Je m'y sens toujours à l'aise. Je peux boire de la bière, mais cela me donne des flatulences.

— Pourquoi parlez-vous du *Cheval pâle*?

— Il y a une auberge de ce nom dans le coin. A moins qu'il s'agisse du *Cheval rose* et que ce soit ailleurs. J'ai pu l'inventer. J'ai beaucoup d'imagination.

— Comment va le cacatoès? demandais-je.

— Le cacatoès?

— Et la balle de cricket?

— Vraiment, répondit Mme Oliver avec dignité, vous êtes fou ou vous avez mal aux cheveux. Des chevaux roses, des cacatoès et des balles de cricket!

Elle raccrocha.

Je songeais encore à cette nouvelle allusion au cheval pâle lorsque la sonnerie du téléphone résonna de nouveau.

Cette fois-ci, il s'agissait de Me Soannes White, un vénérable notaire. Il me rappelait que, selon le testament de ma marraine, lady Hesketh-Dubois, j'étais autorisé à choisir trois de ses tableaux.

— La vente à Londres des effets de la défunte est décidée et si vous pouviez passer Ellesmere Square dans le plus bref délai...

— J'y vais de ce pas.

La matinée me semblait peu propice au travail.

***

Les trois aquarelles de mon choix glissées sous le bras, je sortis du 49 Ellesmere Square pour tamponner quelqu'un qui gravissait le perron. J'offris des excuses, en reçus et j'étais sur le point de héler un taxi en maraude lorsqu'un déclic se fit sans mon esprit. Je me retournai vivement :

— Mais! C'est Corrigan!

— Oh! Mark Easterbrook!

Jim Corrigan et moi, nous avions été d'excellents camarades, à Oxford, mais il y avait au moins quinze ans que nous ne nous étions vus.

— Il m'avait bien semblé te reconnaître, dit-il. J'ai lu tes articles. Ils m'ont plu.

— Que deviens-tu? T'es-tu consacré aux recherches, comme tu le voulais?

Corrigan soupira.

— Hélas! Cela coûte cher quand on agit seul. Il faudrait pouvoir faire équipe avec un millionnaire. Quant aux théories qui me sont chères, comme l'influences des sécrétions glandulaires sur le comportement d'un individu, je n'ai trouvé personne qui s'y intéressât. Aussi suis-je médecin légiste. C'est fort intéressant, du reste. Il nous est permis de voir toutes sortes de types de criminels. Mais je ne veux pas t'ennuyer en parlant boutique... veux-tu déjeuner avec moi?

— Avec plaisir. Mais tu entrais ici, remarquai-je en désignant la maison.

— Pas exactement. Je venais en curieux.

— Il n'y a personne, sauf un gardien.

— Oui. Mais j'aurais voulu obtenir des renseignements sur lady Hesketh-Dubois.

— Je pourrais t'en apprendre davantage que la gardienne. Lady Hesketh-Dubois était ma marraine.

— Ça, par exemple, c'est une chance. Où allons-nous déjeuner? Je connais un petit restaurant non loin d'ici.

Quelques minutes plus tard, nous étions attablés et servis par un garçon déguisé en marin français.

— Alors, commençai-je, que voulais-tu savoir au sujet de la vieille dame? Et pourquoi t'intéresse-t-elle?

— C'est une assez longue histoire. Tout d'abord, dis-moi quel genre de femme c'était.

Je réfléchis un instant.

— Elle avait des conceptions assez démodées. Veuve d'un gouverneur de je ne sais plus quelle île. Elle était riche et aimait le confort. Elle passait l'hiver à l'étranger. Sa maison est hideuse et bondée de meubles et d'argenterie du plus beau style victorien. Elle n'a pas d'enfants mais un couple de caniches bien élevés et qu'elle adorait. Elle était entêtée et conservatrice dans l'âme. Bienveillante, mais autoritaire. Que désires-tu savoir de plus?

— Je ne sais trop au juste. Aurait-elle pu être la victime d'un chantage?

— *Elle!* m'exclamai-je, stupéfait. Rien ne me paraît plus invraisemblable. Mais de quoi s'agit-il?

Et c'est ainsi que j'appris les circonstances de la mort du Père Gorman.

Je posai ma fourchette.

— As-tu la liste des noms? demandai-je.

— Pas l'original, mais je l'ai copiée. Tiens.

Je pris le papier qu'il me tendait et l'étudiai.

— Parkinson? J'en connais deux. Arthur, qui est dans la marine, et Henry qui travaille dans un ministère quelconque. Ormerod... Il y a un commandant Ormerod dans la garde à cheval... Sandford... c'était le nom de notre vieux recteur, quand j'étais enfant. Harmondsworth? Non... Tuckerton... Tuckerton... Thomasina Tuckerton?

Corrigan me regarda avec curiosité.

— Cela se pourrait, pour autant que je sache. Qui est-elle et que fait-elle?

— Plus rien, à présent. Le journal a annoncé son décès, il y a une semaine.

— Cela ne m'aide pas beaucoup.

Je poursuivis ma lecture. « Shaw. Je connais un dentiste de ce nom et il y a Jérôme Shaw, du barreau... Delafontaine... J'ai entendu ce nom dernièrement mais je ne me souviens plus où. Corrigan. S'agirait-il de toi, par hasard? »

— J'espère beaucoup que non. J'ai l'impression que ça porte malheur que de figurer sur cette liste.

— Peut-être. Qu'est-ce qui te fait croire qu'il y a une histoire de chantage à la base?

— C'est une idée de l'inspecteur Lejeune, il me semble. C'est ce qui paraît le plus vraisemblable. Mais il peut aussi bien s'agir de trafiquants de stupéfiants ou de gens qui s'adonnent à la drogue, ou encore d'agents secrets. Une chose est certaine : celle liste avait assez de valeur pour que l'on tue pour s'en emparer.

— T'intéresses-tu toujours avec autant de passion au côté policier de ton travail?

Il secoua la tête.

— Je ne saurais dire. Ce qui me retient, c'est le type du criminel. Son origine, son degré d'instruction et surtout son état glandulaire!

— Alors, pourquoi l'intérêt porté à cette liste?

— Je me le demande, répondit Corrigan lentement. La vue de mon propre nom, peut-être. En avant les Corrigan, au secours de l'opprimé!

— Au secours? Ainsi, pour toi, il s'agit d'une liste de victimes... pas de malfaiteurs. Cela se pourrait, cependant.

— Tu as parfaitement raison. Et ma conviction peut sembler étrange. Peut-être est-ce instinctif. Je ne connaissais pas beaucoup le Père Gorman mais je suis persuadé qu'il attachait une énorme importance à cette liste.

— La police ne fait-elle rien?

— Oh! oui, mais c'est un travail de longue haleine. Il faut tout étudier en détail, notamment le passé de cette femme qui a fait appeler le prêtre.

— Qui était-ce?

— Une veuve très peu mystérieuse, à première vue. Elle travaillait pour une maison qui enquête sur les habitudes des usagers de produits de consommation courante et fait des statistiques. Ses employeurs ne connaissaient presque rien d'elle. Elle venait du Lancashire. Seul détail curieux à son sujet : elle avait très peu de choses personnelles, juste le contenu d'une valise.

Je haussai les épaules.

— C'est beaucoup plus fréquent qu'on ne le pense. Bref, tu as décidé de t'occuper de cette affaire?

— Oh! je fouine un peu. Hesketh-Dubois n'est pas un nom commun. J'ai pensé qu'en recueillant quelques renseignements sur la vieille dame... Mais, d'après ce que tu m'en as dit, elle ne peut me mener nulle part.

— Ce n'était ni une toxicomane ni une trafiquante, assurai-je. Et certes pas un agent secret. Elle a mené une vie beaucoup trop droite pour qu'on ait pu la faire chanter. Je me demande à quel titre elle figurait sur cette liste. Ses bijoux étaient dans un coffre, en banque, et rien, chez elle, ne pouvait tenter un cambrioleur.

— Y a-t-il d'autres Hesketh-Dubois?

— Pas d'enfants. Elle a, je crois, un neveu et une nièce, mais pas du même nom. Son mari était fils unique.

Corrigan m'assura sans conviction que je lui avais été d'une grande aide et nous nous séparâmes. Il avait quelqu'un à découper.

Je retournai chez moi, songeur. Incapable de me concentrer sur mon travail, obéissant à une impulsion, je téléphonai à David Ardingly.

— David? Ici Mark. Cette jeune fille avec qui vous étiez l'autre soir, Poppy. Comment s'appelle-t-elle exactement?

— Alors, vous voulez me faucher ma petite amie?

Il semblait trouver l'idée très drôle.

— Oh! vous en avez tellement. Vous pouvez bien m'en céder une!

— Je croyais que vous aviez ce qu'il fallait et que vous étiez rangé des voitures!

« Rangé des voitures. » Quelle expression désagréable! Et cependant, comme cela convenait bien à mes relations avec Hermia. Pourquoi cela m'attristait-il? J'avais toujours su, dans mon subconscient, qu'un jour ou l'autre nous nous marierions... Je la préférais à toutes. Nous avions tellement de points communs...

Pourquoi cette envie de bâiller? Hermia était la compagne idéale.

Oui, mais ce ne sera pas drôle. Cette petite phrase venue je ne sais d'où me choqua.

— Vous dormez? me demanda David.

— Non. A vrai dire, je trouve votre amie Poppy très rafraîchissante.

— C'est le terme qui lui convient... quand on la prend à petites doses. Elle s'appelle Pamela Stirling et travaille dans une de ces boutiques de fleuristes ultra-chics de Mayfair.

Il me donna l'adresse.

— ... Sortez-la et amusez-vous bien, me dit-il d'un ton paternel. Vous la trouverez très reposante. Elle a la tête absolument vide. Elle croira tout ce que vous lui raconterez. Mais ne vous faites pas d'illusions. Elle est très vertueuse.

Je raccrochai.

***

Je franchis la porte des *Arts floraux* avec une certaine nervosité. Une puissante odeur de gardénia m'assaillit. Les jeunes vendeuses vêtues de vert pâle ressemblaient toute à Poppy et j'eus du mal à la reconnaître. Elle écrivait, traçant laborieusement une adresse. J'attendis qu'elle eût terminé et m'approchai d'elle.

— Nous nous sommes vus, hier soir, avec David Ardingly, lui rappelai-je.

— Oh! oui! reconnut Poppy avec chaleur, le regard vague.

— Je voulais vous demander quelque chose. (J'étais gêné, soudain.) Peut-être ferais-je mieux d'acheter des fleurs?

Elle réagit comme un automate bien huilé.

— Nous avons de très jolies roses. Elles viennent d'arriver.

Il y en avait partout.

— Combien valent-elles?

— Oh! elles sont très bon marché, répondit Poppy avec conviction. Seulement cinq shillings pièce.

J'avalai ma salive.

— Donnez-m'en six.

— Et j'y ajoute ces feuillages ravissants?

Je préférais à ceux-ci — fanés à mon sens — du simple asparagus.

— Je voudrais vous poser une question, répétai-je alors que Poppy, plutôt maladroite, enveloppait les roses. L'autre soir, vous avez parlé d'un certain cheval pâle.

Poppy sursauta violemment et laissa tomber le bouquet par terre.

— ... Pouvez-vous m'en dire davantage?

Poppy ramassa les fleurs.

— Qu'avez-vous dit? demanda-t-elle en se relevant.

— Je vous ai posé une question au sujet du cheval pâle.

— Un cheval pâle? Je ne comprends pas.

— Vous l'avez mentionné, hier soir.

— Jamais! J'en suis certaine.

— Quelqu'un vous en a parlé. Qui était-ce? Poppy respira avec force et parla très vite.

— Je ne comprends pas un mot de ce que vous

me dites! Et nous n'avons pas le droit de bavarder avec les clients...

Elle plaqua une feuille de papier sur mes fleurs.

— ... Cela fera trente-cinq shillings, s'il vous plaît.

Je lui donnai deux billets d'une livre. Elle me mit brutalement six shillings dans la paume et se tourna vivement vers un autre client.

Ses mains tremblaient.

Je sortis lentement. Je m'étais déjà éloigné lorsque je m'aperçus qu'elle s'était trompée dans son addition et m'avait rendu trop d'argent.

Je revis ce joli visage inexpressif et les grands yeux bleus qui, ce soir, montraient quelque chose...

« Elle a eu peur. Très peur. Mais pourquoi? »

CHAPITRE V

LE RECIT DE MARK EASTERBROOK

— Quel soulagement! soupira Mrs Oliver, de penser que tout est fini et qu'il ne s'est rien passé!

On se détendait, enfin.

La fête organisée par Rhoda n'avait pas fait exception à la règle. Au début de la matinée, le temps, très capricieux, avait suscité beaucoup d'anxiété. Installerait-on les comptoires en plein air ou tiendraient-ils tous sous la grange et la marquise? Où servirait-on le thé? Rhoda avait résolu tous ces problèmes avec son tact habituel. Mais ses chiens que, par mesure de précaution, on avait enfermés dans la maison, trouvèrent moyen de s'échapper et de se donner en spectacle. La charmante petite starlette, emmitouflée de fourrures, chargée d'inaugurer la fête, le fit de fort bonne grâce mais, à la stupéfaction générale compatit en quelques phrases touchantes au triste sort des réfugiés, alors que l'objet de la fête était la réfection du clocher de l'église!

Enfin, le soir arrivé nous nous trouvions réunis, commentant les événements de la journée, ma cousine Rhoda, son mari le colonel Despard, miss Macalister, une jeune femme aux cheveux roux, que l'on appelait Ginger, Mrs Oliver, le vicaire Caleb Dane Calthrop et sa femme. Le vicaire était un vieil homme sympathique qui prenait plaisir à citer les classiques à tout propos.

Mrs Dane Calthrop, une femme un peu déconcertante, regardait Mrs Oliver d'un air songeur.

— Que pensiez-vous qu'il allait arriver au cours de cette fête? demanda-t-elle brusquement.

— Eh bien, un meurtre, par exemple.

— Et pour quelle raison?

— Aucune, à vrai dire. C'était bien invraisemblable. Mais on en a commis un à la dernière fête à laquelle j'ai assisté.

Le vicaire nous gratifia d'une citation grecque.

— Le vieux Lugg, des *Armes royales* a eu un beau geste en nous envoyant deux douzaines de bouteilles de bières, remarqua Despard.

— Les *Armes royales*? fis-je.

— C'est le nom de l'auberge du pays, m'expliqua Rhoda.

— N'y en a-t-il pas une autre? Vous m'avez, je crois, parlé du *Cheval pâle,* dis-je à Mrs Oliver.

Je n'obtins pas la réaction escomptée. On me regarda d'un air indifférent.

— Le *Cheval pâle* n'est pas une auberge, dit Rhoda. Ou, du moins, ce n'en est plus une.

— Oui, continua Despard, on l'a transformée en maison d'habitation — elle date presque entièrement du XVIe et je me demande pourquoi on n'en a pas changé le nom.

— Oh! pourquoi cela! s'exclama Ginger. Imaginez-vous qu'on l'ait rebaptisé *Mon repos!* Les occupants actuels ont fait encadrer la vieille enseigne et l'ont accrochée dans le hall d'entrée.

— A qui appartient la maison? demandai-je.

— A Thyrza Grey, répondit Rhoda. Tu as dû la voir, aujourd'hui. Une grande femme aux cheveux gris, courts.

— Elle est versée dans les sciences occultes, s'adonne au spiritisme et à la magie, continua Despard. Elle ne célèbre pas de messes noires mais c'est tout juste.

Ginger éclata de rire.

— Excusez-moi, dit-elle, je me représentais Miss Grey dans la tenue de Mme de Montespan sur un autel tendu de velours noir.

— Ginger! protesta Rhoda. Vous oubliez la présence du vicaire.

— Je vous en prie, protesta celui-ci avec un bon sourire. Ainsi que le disaient les anciens...

Il finit sa phrase en grec.

J'observai quelques secondes de silence respectueux avant de reprendre :

— Je voudrais bien savoir qui sont « les occupants »; Miss Grey et qui d'autre?

— Elle a une amie qui vit avec elle. Sybil Stamfordis. Elle joue le rôle du médium, il me semble. Vous avez dû la voir... elle est couverte d'amulettes et, parfois, elle s'enveloppe dans un sari. Je me demande bien pourquoi. Elle n'a jamais été aux Indes.

— Il y a aussi Bella, intervint Mrs Dane Calthrop, leur cuisinière. C'est également une sorcière. C'est de famille, paraît-il. Sa mère avait aussi une réputation bien établie de sorcellerie.

— Vous semblez y croire, madame, m'étonnai-je.

— Mais naturellement! Il n'y a rien de mystérieux là-dedans. C'est une sorte de capital familial transmis de mère en fille. On recommande aux enfants de ne pas martyriser votre chat et on vous donne des confitures et du fromage.

Je la regardai avec curiosité. Elle semblait très sérieuse.

— Sybil était installée sous la tente verte, cet après-midi. Elle disait la bonne aventure. Elle y est fort habile, je crois, dit Rhoda.

— Elle m'a prédit des choses fort agréables, dit Ginger. De l'argent, un bel étranger : deux maris et six enfants. Elle s'est montrée vraiment très généreuse. La vieille Mrs Parker n'était pas satisfaite de la naïveté des gens, continua Ginger en riant et Mrs Cripps a protesté. Vous savez très bien, Lizzie, que Miss Stamfordis voit des choses invisibles aux autres gens et que Miss Grey prédit les décès sans jamais se tromper. Elle m'en donne la chair de poule! Mrs Cripps a ajouté : « En tout cas, je ne m'aviserais pas d'offenser l'une de ces trois femmes! »

— Cela me paraît passionnant. J'aimerais bien les rencontrer, dit Mrs Oliver avec fougue.

— Nous vous y conduirons demain, promit le colonel. La vieille auberge vaut une visite. Elles ont réussi à la rendre confortable sans lui ôter son cachet.

— Je téléphonerai à Thyrza demain matin, dit Rhoda.

Je me couchai assez déprimé, je l'avoue.

Ce cheval pâle, dont mon esprit avait fait un symbole sinistre et maléfique, semblait tout autre chose. A moins que...

*
* *

Le lendemain était un dimanche. Nous nous rendîmes tous ensemble à l'église et prêtâmes une oreille respectueuse au prêche de l'érudit Mr Dane Calthrop qui sembla moins commenter un texte religieux que l'histoire perse.

— Nous déjeunons chez Mr Venables, me dit Rhoda, plus tard. Tu l'aimeras, Mark. C'est un homme fort intéressant. Il a été partout, a tout vu, sait tout. Il a acheté *Priors Court* il y a environ trois ans. Les transformations qu'il y a apportées ont dû lui coûter une fortune. Il a souffert de poliomyélite et, à demi paralysé, ne peut se déplacer que dans un fauteuil roulant.

Priors Court n'était qu'à quelques kilomètres du village. Notre hôte nous accueillit dans le hall, assis dans sa chaise d'infirme.

— C'est charmant à vous d'être tous venus, dit-il avec chaleur. Vous devez être épuisés après la journée d'hier. C'était très réussi, Rhoda.

Venables avait une cinquantaine d'années. Son visage étroit était orné d'un nez en bec d'aigle. Il sourit à Mrs Oliver à laquelle Rhoda le présentait.

— J'ai vu cette dame, hier, dans l'exercice de sa profession, dit-il. Je me suis assuré, grâce à elle, six présents pour Noël. Vous avez beaucoup de talent, madame. Ne nous en privez pas trop tôt.

Il fit une aimable grimace à Ginger :

— Quant à vous, jeune dame, vous avez bien failli m'adjuger un canard vivant!

Puis il se tourna vers moi :

— Votre article du mois dernier dans *Review* m'a beaucoup plus.

— Cela a été tellement gentil de votre part d'assister à notre fête! dit Rhoda. Je n'espérais pas votre venue, après votre si généreux cadeau.

— J'aime beaucoup ce genre de manifestation. Notre Sybil m'a prédit un avenir merveilleux et irréalisable!

— Bonne vieille Sybil, dit Despard. Nous allons prendre le thé chez Thyrsa, cet après-midi. La maison est fort intéressante.

— Le *Cheval pâle*? Oui. Je regrette un peu que ce ne soit plus une auberge. L'endroit m'a toujours paru avoir eu une histoire mystérieuse, un peu trouble. Il ne devait pas s'agir de contrebande. Nous sommes trop éloignés de la mer. Un repaire pour voleurs de grands chemins, peut-être? De riches voyageurs descendus passer la nuit à l'auberge disparaissaient sans laisser de trace. Et cela paraît être devenu une charmante retraite pour trois vieilles filles inoffensives.

— Oh! mais ce n'est pas mon avis! s'écria Rhoda. Sybil Stamfordis peut-être... avec ses gris-gris et ses saris, elle est plutôt ridicule. Mais Thyrza est réellement terrifiante. Elle vous donne l'impression de lire dans vos pensées. Elle n'a jamais prétendu être douée de seconde vue... mais tout le monde l'assure.

— Et Bella, en fait de vieille fille, a enterré deux maris, dit Despard.

— Je lui offre mes excuses les plus sincères, dit Venables en riant.

— Les voisins ont interprété ces décès de façon sinistre, bien entendu, ajouta le colonel. On a prétendus que ses époux lui ayant déplu, elle les avait tués d'un seul regard!

— C'est vrai, j'oubliais, c'est elle, la sorcière locale?

— C'est du moins ce que prétend Mrs Dane Calthrop.

— La sorcellerie est toujours curieuse à étudier. Je me souviens, un jour, aux Indes...

Il s'étendit sur ce sujet avec aisance et nous promit de nous montrer, après le déjeuner, des masques de sorciers de l'Ouest africain.

— Il y a de tout dans cette maison, remarqua Rhoda, joyeuse.

Il haussa les épaules et, la voix amère, soudain, après un bref coup d'œil à ses jambes paralysées :

— Si Mahomet ne va pas à la montagne... Mais même maintenant... la vie offre ses consolations.

— Pourquoi *ici*? demanda Mrs Oliver avec brusquerie.

Nous étions tous un peu mal à l'aise, à l'exception de Mrs Oliver et sa franche curiosité détendit l'atmosphère.

Venables lui jeta un regard interrogateur.

— ... Je veux dire : pourquoi êtes-vous venu vivre ici, dans un endroit aussi retiré? Vous y avez des amis?

— Non. J'ai choisi cet endroit justement parce que je n'y ai *pas* d'amis, répondit-il, un léger sourire ironique sur les lèvres.

Je me demandais si son impotence l'avait profondément affecté moralement ou s'il s'était arrangé pour s'adapter aux circonstances.

— Dans votre dernier article, me dit-il, comme s'il avait lu mes pensées, vous parliez du mot « grandeur » et des différents sens que l'on peut y attacher... à l'est ou à l'ouest. Que voulons-nous dire, ici, en Angleterre, quand nous usons du terme « grand homme »?...

— Puissance de l'intelligence et force morale...

Ses yeux brillaient.

— Alors, on ne saurait qualifier de « grand homme » un être méchant? Le mal existe et le mal est puissant, parfois bien plus que le bien. Il faut le reconnaître et lutter... autrement, nous sombrons dans les ténèbres.

CHAPITRE VI

LE RECIT DE MARK EASTERBROOK

Il était quatre heures passées lorsque nous quittâmes *Priors Court*. Après un déjeuner raffiné, Venables nous fit faire le tour du propriétaire, nous montrant ses possessions avec orgueil. La maison renfermait un véritable trésor.

— Il doit rouler sur l'or, dis-je à ma cousine. Ces jades, ces sculptures africaines, ces Saxes et tout le reste. Vous avez de la chance d'avoir un voisin comme lui.

— Et comment donc! dit Rhoda. D'autant plus que la plupart des gens, ici, sont charmants mais plutôt lourds. Mr Venables est exotique, en comparaison.

— Comment a-t-il fait fortune? demanda Mrs Oliver. Ou bien a-t-il toujours été riche?

Despard fit observer, sèchement, qu'aujourd'hui, personne ne pouvait se vanter d'hériter de larges revenus. Les impôts et les taxations se faisant fort de vous en priver.

— On m'a dit, ajouta-t-il, qu'il a débuté dans la vie comme débardeur. Mais cela me semble improbable. Il ne parle jamais de son enfance ou de sa famille. L'Homme Mystère!

Mrs Oliver répliqua qu'on lui offrait toujours ce dont elle n'avait que faire.

Le *Cheval pâle* était une maison à galandages, située un peu en retrait du village. Elle précédait un jardin entouré de murs.

Elle me déçut et je le dis.

— Cela n'a rien de sinistre!

— Attendez d'être à l'intérieur, dit Ginger.

Nous descendîmes de voiture et la porte de la maison s'ouvrit à notre approche.

Miss Grey se tenait sur le seuil, haute silhouette un peu masculine, vêtue de tweed. Elle avait un large front, un grand nez crochu et des yeux bleu pâle au regard pénétrant.

— Ah! vous voici enfin! dit-elle d'une voix de basse. Je vous croyais perdus.

Dans l'ombre, derrière son dos, quelqu'un nous regardait, dont je vis le visage étrange, presque informe. L'œuvre d'un enfant livrant son inspiration à une boule de mastic.

Rhoda nous présenta, expliquant que nous avions déjeuné chez Mr Venables.

— Ah! voilà qui explique tout. Vous avez fait ripaille! Son cuisinier italien est un joyau. Et quelle maison! Pauvre diable, il lui faut bien quelque chose. Mais, entrez donc! Nous sommes fières de notre maisonnette.

Le hall était bas de plafond et sombre. Un escalier en colimaçon y prenait naissance. Il y avait une vaste cheminée et, au-dessus de celle-ci, un tableau encadré!

— La vieille enseigne de l'auberge, expliqua Miss Grey remarquant mon regard. Le *Cheval pâle*. Elle est mal éclairée, on n'en voit pas grand-chose.

— Je puis vous la nettoyer, je vous l'ai déjà dit, remarqua Ginger. Confiez-la-moi et vous serez surprise.

— J'en doute, répondit Thyrza Grey qui ajouta, sans ambages : Et si vous l'abîmiez?

— Par exemple! s'exclama Ginger, indignée. C'est mon métier. Je travaille pour les musées de Londres, m'expliqua-t-elle.

— Il faut beaucoup d'habileté pour restaurer un tableau, poursuivit Thyrza. J'éprouve un choc chaque fois que je vais à la National Gallery. Tous les tableaux semblent avoir été plongés dans un détersif.

— Vous ne préférez tout de même pas ça enfumé et couleur de moutarde, protesta Ginger. On pourrait en tirer quelque chose de beaucoup mieux. Je me demande si le cheval n'a pas un cavalier...

Je m'approchai d'elle pour étudier le tableau. Il était de facture maladroite et, seuls, l'âge et la crasse lui conféraient une valeur toute relative.

— Eh, Sybil! s'écria Thyrza. Nos visiteurs dénigrent notre cheval. Cette impertinence!

Miss Sybil Stamfordis nous avait rejoints.

C'était une grande femme souple, aux cheveux bruns assez gras. Elle avait une bouche de poisson et minaudait.

Elle portait un sari vert vif qui n'ajoutait rien à sa personnalité. Sa voix était faible et un peu fébrile.

— Notre cher cheval! dit-elle. Nous nous sommes éprises de cette enseigne au premier regard. C'est elle, j'en suis sûre, qui nous a déterminées à acheter la maison, n'est-ce pas, Thyrza? Mais entrez, entrez!

Elle nous introduisit dans une pièce petite et carrée, qui fut probablement autrefois le bar de l'auberge. Tendue de chintz et meublée de chippendale elle faisait à présent un salon de campagne très féminin.

La vieille femme que j'avais aperçue dans le hall entra, portant une théière d'argent. Elle était vêtue d'une blouse vert foncé sans ornement. Son visage étant d'un modelé imprécis et dépourvu d'expression, je m'étonnai de l'avoir trouvé sinistre.

Je m'en voulus : que de stupidités à propos d'une ancienne auberge et de trois vieilles femmes!

— Merci, Bella, dit Thyrza.

— Vous avez tout ce qu'il vous faut?

— Oui, merci.

Bella regagna la porte. Elle n'avait regardé personne, mais juste avant de sortir, elle me jeta un coup d'œil qui me surprit par sa malice. J'eus l'impression que, sans aucun effort, presque sans curiosité, elle avait lu toutes mes pensées.

— Bella est déconcertante, n'est-ce pas, Mr Easterbrook? dit Thyrza Grey. Je l'ai vue vous regarder.

— C'est une femme du pays? demandai-je en faisant effort pour dissimuler mon intérêt réel.

— Oui. La plupart des gens vous diraient que c'en est la sorcière.

Sybil Stamfordis fit cliqueter ses amulettes.

— Allons, avouez, monsieur... euh...

— Easterbrook.

— Monsieur Easterbrook. Vous avez, j'en suis sûre, entendu dire que nous pratiquons la sorcellerie. Avouez-le. Nous avons une certaine renommée, savez-vous...

— Justifiée, je le crois, appuya Thyrza. Sybil est fort douée.

Celle-ci poussa un petit soupir de satisfaction.

— L'occultisme m'a toujours beaucoup attirée, murmura-t-elle. Tout enfant, j'ai remarqué que j'avais des pouvoirs extraordinaires. L'écriture automatique m'est venue tout naturellement. Il me suffisait de prendre un crayon... et le reste se faisait de soi-même. Et, bien sûr, j'ai toujours été extrêmement sensible. Je me suis évanouie un jour que je prenais le thé avec une amie. La pièce dans laquelle nous nous trouvions avait été le cadre d'un événement affreux, je le sentais. Plus tard, j'ai appris qu'on y avait commis un meurtre, vingt-cinq ans auparavant!

Elle hocha la tête et regarda autour d'elle, l'air fort satisfait.

— Remarquable, dit le colonel Despard avec un dégoût à peine voilé.

— Cette maison a été témoin de choses sinistres, déclara Sybil d'un air lugubre. Mais nous avons fait le nécessaire. Nous avons libéré les esprits enchaînés à la terre.

— Une sorte de nettoyage spirituel? suggérai-je.

Sybil me lança un regard soupçonneux.

— La couleur de votre sari est fort seyante, intervint Rhoda.

Le visage de Sybil s'éclaira.

— Je l'ai rapporté des Indes. Quel pays intéressant! J'y ai étudié le Yoga. Mais, à mon sens, cela manque de naturel, c'est trop peu primitif. Ce n'est pas comme Haïti! Là, vous touchez aux sources véritables de l'occultime. Tenez...

Elle se leva, saisit un objet posé sur le rebord de la fenêtre.

— ... Voici mon Asson. C'est une courge séchée ornée de perles et cela, voyez-vous, ce sont des vertèbres de serpents.

Nous jetâmes à l'objet un regard poli, mais dépourvu d'enthousiasme.

Sybil, affectueusement, secoua son horrible jouet.

— ... Et je puis vous en dire bien davantage...

Je ne l'écoutais plus. Je tournai la tête pour rencontrer le regard de Thyrza qui m'étudiait avec attention.

— Vous ne croyez pas un mot de tout cela, murmura-t-elle. Vous avez tort. On ne peut pas rejeter, par principe, tout ce qui touche à la superstition, à la peur, ou à l'excès de religion. Il *existe* des vérités et des pouvoirs essentiels. Il y en a toujours eu. Et il y en aura toujours.

— Je n'en discuterai pas, dis-je.

— Vous êtes un sage. Venez voir ma bibliothèque.

Elle m'entraîna dans le jardin.

— ... Nous l'avons installée dans les anciennes écuries, m'expliqua-t-elle.

Les écuries et les communs avaient été réunis et formaient une seule et vaste pièce dont tout un mur était recouvert d'étagères supportant des livres. Un coup d'œil me suffit pour juger de leur valeur.

— Mais, vous avez des œuvres rares! n'est-ce pas le texte original de « Malleus Maleficorum »? Ma parole, vous possédez des trésors... Et ce grimoire, mais c'est une rareté!

Thyrza constatait mon enthousiasme avec sérénité.

— Cela fait plaisir de rencontrer un connaisseur, dit-elle. La plupart des gens bâillent d'ennui ou de stupeur.

— Avec tout cela, vous ne devez pas ignorer grand-chose des pratiques de sorcellerie. Comment en êtes-vous venue à vous y intéresser, au début?

— C'est difficile à dire... il y a longtemps de cela... un événement qui semble étrange et l'on est entraîné! C'est fascinant comme étude. Quant à la naïveté des gens et les bêtises auxquelles ils se livrent!...

Je ris.

— Cela fait plaisir! Au moins, vous ne croyez pas tout ce que vous lisez.

— Ne me comparez donc pas à ma pauvre Sybil. Mais, cependant, ne vous y trompez pas. Elle est sotte sous bien des rapports. Elle mélange allégrement le vaudou, la démonologie et la magie noire... mais elle a le « Pouvoir ».

— Le pouvoir?

— Je ne vois pas comment l'appeler autrement... Il existe des gens qui peuvent servir de pont entre notre monde et les puissances sinistres de l'au-delà. Sybil en est. C'est un médium remarquablement doué. Quand, avec Bella et moi...

— Bella?

— Oui, nous avons chacune nos spécialités. En équipe...

Elle s'interrompit.

— Sorcellerie et Cie? suggérai-je en souriant.

— Si vous voulez.

— Vous *croyez* à tout cela?

— Je ne *crois* pas, je sais! dit-elle d'une voix vibrante.

— Mais comment? Pour quelle raison?

D'un grand geste de la main, elle m'indiqua les rayons chargés de livres.

— Tout cela! Bêtises pour la plupart! Phraséologie ridicule! Otez l'écorce des superstitions, des croyances, et vous trouverez que le noyau est vrai! Le reste n'est qu'habillage destiné à impressionner les foules.

— Je ne vous suis pas très bien.

— Cher monsieur, pourquoi, depuis la nuit des temps, les gens ont-ils été trouver le nécromancien, le sorcier, le rebouteux? Pour deux seules raisons suffisantes pour risquer la damnation : le philtre d'amour ou le poison.

— Ah!

— C'est simple, n'est-ce pas? L'amour... et la mort. Pour gagner l'homme que vous aimez... pour garder votre amant, une potion à prendre un jour de pleine lune, en évoquant des démons ou des esprits. En fait, le philtre n'est qu'un aphrodisiaque!

— Et la mort?

Elle eut un petit rire étrange qui me mit mal à l'aise.

— Ainsi, la mort vous intéresse?

— Suis-je le seul?

— Je me le demande, répondit-elle avec un coup d'œil acéré.

« La mort! On s'y est beaucoup plus consacré qu'à l'amour encore. Et pourtant, quelle naïveté! Les Borgia et leurs fameux poisons. Savez-vous ce qu'ils employaient? Du simple arsenic! Ni plus ni moins que ce dont se sert n'importe quelle femme jalouse d'un quartier populaire. Mais, dans cet ordre d'idées, nous avons fait des progrès. La science a élargi notre champ d'action.

— Avec des poissons ne laissant pas de trace? demandai-je, sceptique.

— C'est vieux jeu, enfantin. Il y a quatre choses.

— Par exemple?

— *L'esprit*. Savoir de quoi *est* fait l'esprit ce qu'il *peut* faire, ce qu'on peut lui faire faire! Le principe est bien connu. Il y a des siècles que les sorciers des pays primitifs en usent. Inutile de tuer votre victime. Il vous suffit de *lui dire de mourir*.

— La suggestion? Mais cela ne réussit que si la victime y croit.

— Vous voulez dire que cela échoue avec des Européens? Parfois. Mais là n'est pas la question. Nous avons largement dépassé le sorcier. Les psychologues nous ont tracé la voie. Le désir de mourir! Il est dans chacun de nous. Il suffit de l'exploiter.

— L'idée est intéressante. Vous réussissez à convaincre votre sujet de se suicider. Est-ce cela?

— Vous n'y êtes pas. Vous avez entendu parler de traumatisme maladif?

— Bien sûr.

— Il existe des gens qui répugnent inconsciemment à travailler, tombent vraiment malades, souffrent réellement. C'est resté longtemps une énigme pour les médecins.

— Je commence à comprendre votre idée, dis-je lentement.

— Pour détruire le sujet, il faut exercer une action sur son subconscient. Il faut stimuler, renforcer le désir de mourir existant dans chacun d'entre nous. On provoquera une *vraie* maladie née du désir latent d'en finir avec la vie. Et la mort surviendra!

Elle avait relevé la tête, triomphante. J'eus froid, brusquement. Cette femme était un peu folle... Mais, cependant...

Soudain, elle rit.

— Vous ne me croyez pas?

— C'est là une théorie fort intéressante. Je l'admets. Mais de quelle façon entendez-vous stimuler ce désir de mourir, que nous aurions tous?

— Cela, c'est mon secret. Il est des échanges sans contacts directs. Prenez la T.S.F., le radar, la télévision. Les expériences en perceptions extra-sensorielles n'ont pas réussi comme on l'espérait, parce que l'on n'a pas saisi le principe essentiel. Lorsque l'on *sait* comment s'y prendre, on n'échoue jamais.

— Le savez-vous?

Elle ne répondit pas aussitôt.

— Ne me demandez pas, cher monsieur, de vous révéler tous mes secrets, dit-elle enfin, en se dirigeant vers la porte.

Je la suivis.

— Pourquoi m'avez-vous dit tout cela? demandai-je.

— Vous avez su comprendre mes livres. Parfois, on éprouve le besoin de... enfin de se confier. Et, d'autre part...

— Oui?

— J'ai l'idée... Bella est du même avis... que vous *pourrez avoir besoin de nous.*

— *Besoin* de vous!

— Selon Bella, vous êtes venu ici... pour nous trouver. Elle se trompe rarement.

— Pourquoi aurais-je voulu « vous trouver »?

— Cela, répondit Thyrza Grey doucement, je ne le sais pas... encore.

CHAPITRE VII

LE RECIT DE MARK EASTERBROOK

— Ah! vous êtes là? Nous nous demandions où vous étiez passés!

Rhoda s'encadrait sur le seuil, suivie des autres. Elle regarda autour d'elle : « C'est ici que vous tenez vos séances, n'est-ce pas? »

— Vous êtes bien informée, dit Thyrza avec un rire sans chaleur. Dans un village, le voisin est mieux au courant que vous-même de vos affaires personnelles. Nous jouissons, je crois, d'une réputation aussi splendide que sinistre.

Elle se tourna vers Mrs Oliver.

— Dans votre prochain ouvrage, faites donc intervenir un meurtre par magie noire. Je vous fournirai tous les tuyaux nécessaires.

Mrs Oliver parut embarrassée.

— Je ne traite que de crimes très simples, dit-elle

d'un ton d'excuse, comme elle aurait dit : « Je ne sais faire que de la cuisine bourgeoise. »

Despard jeta un coup d'œil à sa montre :

— Rhoda, il me semble que...

— Oh! oui. Il nous faut partir. Il est beaucoup plus tard que je l'aurais cru.

Nous échangeâmes remerciements et adieux et l'on nous escorta jusqu'à la porte du jardin.

— Vous avez un grand poulailler, remarqua Despard, au passage.

— Je déteste les poules, dit Gringer. Leurs gloussements me portent sur les nerfs.

— Nous avons surtout des coqs, intervint Bella qui nous avait rejoints.

— Pour la consommation? s'enquit Despart.

— Ils nous sont utiles, répondit Bella.

— C'est le royaume de Bella, dit Thyrza d'un ton léger.

— Je n'aime pas cette femme, oh! mais pas du tout! s'écria Mrs Oliver lorsque nous fûmes en voiture.

— Il ne faut pas prendre Thyrza trop au sérieux, dit Despard, indulgent. Elle s'amuse à faire étalage de tout ce fatras et à voir l'effet que cela produit.

— Je ne parle pas d'elle. Elle est dépourvue de scrupules et à l'affût de la bonne occasion. Mais elle n'est pas dangereuse comme l'autre.

— Bella? Elle est un peu sinistre, je l'admets.

— Il n'est pas question d'elle non plus. Je pense à cette Sybil. Elle *paraît* simplement stupide. Son déguisement, les histoires grotesques qu'elle nous a racontées... Pourquoi, entre parenthèses, n'est-ce jamais une fille de cuisine ou une vieille paysanne, mais une princesse égyptienne ou une belle esclave babylonienne qui sont réincarnées? Mais cette femme, malgré sa bêtise, me fait l'effet de pouvoir provoquer des choses désagréables. Je m'exprime mal... je veux dire que l'on peut s'en *servir* d'une certaine façon justement parce qu'elle est bête. J'ai bien peur que personne ne me comprenne, ajouta-t-elle, pathétique.

— Moi, si, dit Ginger. Et cela ne m'étonnerait pas que vous eussiez raison.

— Nous devrions absolument assister à l'une de leurs séances, s'écria Rhoda. Ce doit être très curieux.

— Vous n'en ferez rien, protesta Despard avec énergie. Je ne veux pas vous voir mêlée à ces histoires.

Ils feignirent de se quereller et je ne reportai mon attention à mes compagnons qu'en entendant Mrs Oliver parler du train du lendemain.

— Mais, je vous ramènerai en voiture, proposai-je.

La proposition ne parut pas l'enthousiasmer.

— Je préfère prendre le train...

— Oh! ce n'est pas la première fois que vous montez en voiture avec moi! Je suis un chauffeur de tout repos.

— Ce n'est pas cela. Mark. Mais j'ai un enterrement, demain matin de bonne heure. Je déteste les enterrements.

— Etes-vous forcée d'y assister?

— Oui. Mary Delafontaine était une vieille amie... elle aurait aimé me savoir présente à ses obsèques.

— Naturellement! m'écriai-je. Delafontaine, bien sûr!

Les autres me regardèrent, très surpris.

— Excusez-moi. C'est que... je... je me demandais où j'avais entendu ce nom. C'est vous qui m'en avez parlé, n'est-ce pas? Vous lui avez rendu visite à la clinique?

— Vraiment? Oui, sans doute, répondit Mrs Oliver.

— De quoi est-elle morte?

— Polynévrite toxique... enfin, quelque chose d'approchant.

Ginger me regardait avec attention.

Lorsque nous descendîmes de voiture, je priai qu'on m'excusât, j'avais besoin de prendre un peu d'exercice après le déjeuner et le thé si copieux.

Je m'éloignai avant qu'on offrît de m'accompagner. Il me fallait être seul pour mettre de l'ordre dans mes idées.

Sur la liste de Corrigan figuraient les noms de Tuckerton, d'Hesketh-Dubois et de Delafontaine... L'amie malade de Mrs Oliver était morte, à présent.

Poppy avait nié avec véhémence toute connaissance d'un *Cheval pâle* et, de plus, elle avait manifesté une grande frayeur.

Aujourd'hui, il y eut Thyrza Grey...

Mais le *Cheval pâle* et ses occupants n'avaient vraisemblablement aucun rapport avec la liste. Pourquoi pouvais-je, un seul instant, penser qu'il y eut un lien entre ceci et cela?

Mrs Delafontaine avait probablement vécu à Londres. La maison de Thomasina Tuckerton était située quelque part dans le Surrey. Aucune connexion avec ce petit village. A moins que...

Je me trouvais juste en face des *Armes royales*. C'était là une véritable auberge.

J'en poussai la porte. Le bar — encore fermé — était sur la gauche. Une pancarte, au pied de l'escalier proclamait : « Bureau ». De celui-ci, on ne voyait qu'une porte vitrée, hermétiquement close, à côté de laquelle on avait cloué une carte invitant à « appuyer sur la sonnette ». Tout semblait désert. Sur une étagère, j'avisai un vieux registre. Je l'ouvris et le feuilletai. On ne l'utilisait pas fréquemment, et les voyageurs ne demeuraient guère plus d'une nuit.

Je ressortis sans avoir vu personne.

Seule, la coïncidence voulait-elle qu'un Stanford et un Parkinson soient descendus à l'auberge, au cours de l'année précédente? Ces deux noms figuraient sur la liste de Corrigan. Ils étaient assez courants... Mais j'en avais noté un autre... celui de Martin Digby. Si c'était celui que je connaissais, il s'agissait du petit-neveu de la femme que j'avais toujours appelée tante Mint... lady Hesketh-Dubois.

Je marchais sans savoir où j'allais. Je désirais violemment pouvoir parler à quelqu'un. A Jim Corrigan ou à David Ardingly, ou encore à Hermia, si calme et pleine de bon sens. J'étais seul avec mes pensées catholiques et ma solitude me pesait.

Cela faisait à peu près une demi-heure que j'errais dans des chemins détrempés lorsque je me trouvai devant le presbytère. Je longeai une allée fort mal entretenue et actionnai la sonnette rouillée de la porte d'entrée.

*
**

— Elle ne marche pas, dit Mrs Dane Calthrop qui venait d'apparaître sur le seuil comme par magie. On l'a réparée deux fois, mais cela ne dure jamais. Je veille. Vous avez quelque chose d'important à me dire, n'est-ce pas?

— C'est... oui... dans un sens... pour moi, en tout cas.

— C'est ce qu'il me semblait. (Elle me lança un coup d'œil songeur.) Oui, cela va mal. Qui voulez-vous voir, le vicaire?

— Je... je ne crois pas...

C'était lui auquel j'avais songé me confier et, à présent, je ne savais plus que faire. Mrs Dane Calthrop vint à mon secours.

— Mon mari est un homme fort bon, dit-elle.

Et cela rend les choses un peu difficiles, parfois. Voyez-vous, les gens bons ne comprennent pas le mal. Il vaut mieux, je crois, que vous ayez affaire à moi.

Je ne pus m'empêcher de sourire.

— Seriez-vous spécialisée dans le mal?

— Oui, c'est cela. Mon mari peut absoudre des péchés, je ne le puis, mais il m'est possible de les lui présenter, de les classer pour lui. Lorsque l'on sait, on peut faire en sorte d'empêcher le mal de prendre de l'ampleur, de faire en sorte que d'autres gens ne souffrent pas. Quant au pécheur, je ne puis l'aider. C'est l'affaire de Dieu...

— Eh bien, je voudrais empêcher certaines personnes de souffrir.

Elle me jeta un rapide coup d'œil.

— Ah! c'est cela? Suivez-moi donc.

Le salon du presbytère était vaste, sombre et pauvrement meublé, mais l'ensemble donnait une impression de repos, de quiétude. Combien de jeunes filles ayant commis une erreur, Mrs Dane Calthrop avait-elle reçues, consolées et conseillées, à sa façon? Combien d'épouses s'étaient-elles plaintes de la méchanceté de leur belle-mère; de femmes de l'incompréhension de leur mari vis-à-vis de leurs fils?

Et moi-même, ne m'apprêtai-je pas à épancher mes craintes dans le sein de cette femme au visage fatigué? Pourquoi? Je n'en savais rien. Mais j'étais persuadé avoir trouvé l'être qu'il me fallait.

— Nous avons pris le thé avec Thyrza Grey, commençai-je.

Il n'était pas difficile de s'expliquer avec Mrs Dane Caltrhop.

— Je comprends. Cela a été trop pour vous... Toute cette gloriole. Cela m'a étonnée, moi-même.

Je le sais par expérience, l'être foncièrement mauvais ne se vante pas. On ne parle volontiers de ses défauts que lorsqu'ils sont de peu d'importance. Un péché est une petite chose sans noblesse à laquelle le bavardage confère de l'importance. Les sorcières de village sont, en général, de vieilles femmes stupides qui aiment terrifier les gens. Bella peut n'être *que* cela. Sybil est l'une des femmes les plus bêtes que j'aie jamais vues, mais c'est un véritable médium... quoi que puisse être un médium. Thyrza... je ne sais pas. Que vous a-t-elle dit? C'est elle qui vous a bouleversé, n'est-ce pas?

— Vous avez beaucoup d'expérience, madame. Acceptez-vous l'idée qu'un être humain puisse être détruit à distance, sans aucun lien visible, par une autre personne?

Mrs Dane Calthrop ouvrit très grands les yeux.

— Par détruit, vous entendez tué, purement et simplement?

— Oui.

— C'est stupide, dit-elle avec force.

— Ah!

— Mais, bien sûr, je puis me tromper. Mon père jugeait la navigation aérienne impossible et sans doute mon grand-père portait-il le même jugement sur les trains. Ils avaient raison tous les deux. A l'époque, ces choses étaient impossibles. Elles sont devenues possibles aujourd'hui. Que fait Thyrza? Elle se sert d'un rayon mortel? Ou bien ses compagnes et elle se concentrent-elles sur une idée après avoir tracé des signes cabalistiques?

Je souris.

— Vous avez l'esprit précis, dis-je. J'aurais dû me laisser hypnotiser par cette femme.

— Cela n'aurait rien donné. Ce n'est pas votre

genre. Mais que s'est-il passé *avant* tout cela? Il est arrivé quelque chose?

— Vous avez raison.

Je lui racontai, aussi brièvement que possible, le meurtre du Père Gorman et, au cabaret, l'allusion au *Cheval pâle.* Puis je tirai de ma poche la liste copiée sur celle que m'avait montrée Corrigan.

Mrs Dane Calthrop l'étudia, le sourcil froncé.

— Et ces gens, qu'ont-ils en commun?

— Nous l'ignorons. Chantage... drogue...

— C'est ridicule. Ce n'est pas cela qui vous tracasse, mais c'est qu'ils *sont tous morts.*

Je poussai un profond soupir.

— Oui. Je le crois. Trois d'entre eux le sont. Minnie Hesketh-Dubois, Thomasina Tuckerton, Mary Delafontaine. Ils sont tous morts dans leur lit de façon naturelle. Et Thyrza Grey m'a soutenu que c'est ainsi que cela devait se passer!

— Elle vous a dit que c'est elle qui en était responsable!

— Non. Elle parlait de façon générale. Elle m'expliquait ce qu'elle considère comme une possibilité scientifique.

— Ce qui semble ridicule, à première vue.

— Je le sais. Je n'aurais fait qu'en rire si il n'y avait pas eu cette curieuse mention du *Cheval pâle.*

— Oui, murmura Mrs Dane Calthrop, songeuse. *Le Cheval pâle.* C'est symbolique.

Elle garda le silence durant quelques instants. Puis elle releva la tête, d'un geste vif.

— C'est très mauvais, dit-elle. Quoi qu'il y ait derrière, il faut arrêter cela.

— Oui, mais que faire?

— Trouvez-le. Mais il n'y a pas de temps à perdre. (Elle se leva.) Faites quelque chose *immédiatement*! N'avez-vous pas un ami qui pourrait vous aider?

Je réfléchis. Jim Corrigan? Beaucoup de travail, peu de loisirs et il devait déjà faire tout ce qu'il pouvait. David Ardingly... il n'en croirait pas un mot. Hermia? Oui, elle. Un cerveau clair, une admirable logique...

— Vous avez pensé à quelqu'un? Bien.

Mrs Dane Calthrop n'aimait pas perdre son temps.

— ... Je ne perdrai pas les trois sorcières de vue. Mais je n'ai toujours pas l'impression qu'elles possèdent la clef du mystère. Je ne peux pas m'empêcher de penser que Thyrza Grey a entendu parler de quelque chose et qu'elle s'en sert pour se donner de l'importance.

CHAPITRE VIII

L'inspecteur Lejeune leva la tête pour voir le docteur Corrigan entrer en sifflant dans son bureau.

— Désolé de déplaire à tout le monde, dit-il. Mais le conducteur de la Jaguar n'avait pas une goutte d'alcool dans les veines.

Ces détails n'intéressaient pas Lejeune pour l'instant.

— Tenez, lisez cela, dit-il.

Corrigan prit la lettre qu'on lui tendait. Ecrite d'une petite écriture précise, elle portait en en-tête : « Everest, Glendower Close, Bournemouth. »

Cher inspecteur,

Vous vous souvenez sans doute de m'avoir démandé de vous prévenir si je revoyais l'homme qui suivait le Père Gorman, la nuit où il a été tué? J'ai surveillé le voisinage avec attention sans l'apercevoir.

Mais, hier, j'ai assisté à une fête de charité donnée dans un village, à une vingtaine de kilomètres d'ici. J'avais été attiré par le fait que le célèbre auteur de romans policiers, Mrs Oliver, devait dédicacer ses œuvres. Je suis grand lecteur de romans policiers et j'étais curieux de voir cette dame.

Et, à ma grande surprise, j'ai vu l'homme que je vous ai décrit. Mais, depuis la mort du Père Gorman, il a dû être victime d'un accident, car il se déplaçait, hier, dans un fauteuil roulant. Je me suis discrètement informé sur son compte. Sous le nom de Venables, il habite Priors Court, Much Deeping. On le dit très riche.

Dans l'espoir que ces détails pourront vous être utiles, je vous prie de me croire sincèrement vôtre.

ZACHARIAH OSBORNE.

— Alors? dit Lejeune.

— Cela me paraît bien invraisemblable, répondit Corrigan sans enthousiasme.

— A première vue, peut-être. Mais je ne suis pas sûr...

— Cet Osborne *n'a pas pu* voir nettement un visage par une nuit de brouillard pareille. Il doit s'agir d'une ressemblance de pur hasard. Vous connaissez les gens. Ils clament partout avoir vu une personne portée disparue et, neuf fois sur dix, elle n'a rien de commun avec la description qu'on en a donnée.

— Osborne n'est pas comme cela.

— Qui est-il?

— Un respectable petit pharmacien, un peu démodé; il a de la personnalité et il est très observateur.

— Ainsi, vous croyez qu'il peut y avoir quelque chose là-dedans?

— En tout cas, cela ne ferait aucun mal de procéder à une petite enquête discrète au sujet de ce Mr Venables.

CHAPITRE IX

LE RECIT DE MARK EASTERBROOK

— Il s'en passe des choses à la campagne, dit Hermia d'un ton léger.

Nous venions de finir de dîner.

Je regardais Hermia. Sa réaction n'était pas tout à fait celle que j'attendais. J'avais passé un quart d'heure à lui raconter mon histoire qu'elle avait écoutée avec intérêt, mais elle ne paraissait ni choquée, ni enthousiasmée.

— ... Les gens qui prétendent que la campagne est ennuyeuse et la ville pleine de ressources, continua-t-elle, ne savent pas ce dont ils parlent. Sorcières, messes noires, objets d'un culte infernal!... On pourrait faire une série d'articles amusants de tout cela. Pourquoi n'essayez-vous pas?

— Vous ne semblez pas avoir très bien compris ce que je vous ai dit, Hermia.

— Mais parfaitement, Mark! Je trouve tout cela prodigieusement intéressant. C'est une page d'histoire, un vestige des traditions du Moyen Age.

— Je me moque du côté historique, répondis-je, irrité. Ce sont les faits qui m'occupent. Une liste de noms sur une feuille de papier. Je sais ce qui est arrivé à certains d'entre eux. Mais que va-t-il advenir ou qu'est-il advenu des autres?

— Ne vous laissez-vous pas un peu emporter?

— Non! Je juge la menace très réelle. Et je ne suis pas le seul. La femme du vicaire est de mon avis.

— Oh! La femme du vicaire! dit Hermia, moqueuse.

— C'est une femme parfaite! protestai-je. Toute cette affaire est *sérieuse*, Hermia.

Elle haussa les épaules.

— Peut-être. Mais j'ai l'impression que votre imagination vous joue des tours. Vos trois vieilles filles sont certainement convaincues de la véracité de ce qu'elles racontent. Elles sont certainement odieuses!

— Mais pas dangereuses?

— Voyons, Mark! Et comment pourraient-elles l'être?

Je réfléchis, ou plus exactement mon esprit vagabonde de l'obscurité du *Cheval pâle* à la clarté représentée par Hermia, ne laissant rien dans l'ombre, révélant tous les objets d'une pièce dans leur simplicité...

— Il me faut comprendre, Hermia, dis-je brusquement. Savoir ce qui se passe.

— Vous avez raison. Cela peut être intéressant et même réellement amusant.

— Ah! non!... Hermia, je voulais vous demander de m'aider.

— De vous aider? Comment?

— A enquêter.

— Mais, mon cher Mark, j'ai énormément de travail... cet article pour le *Journal*. L'affaire byzantine. Et j'ai promis à deux de mes élèves...

Je ne l'écoutais plus.

— Oui, je comprends, vous êtes débordée.

— C'est cela, acquiesça-t-elle, visiblement soulagée.

Elle me sourit et son air indulgent me frappa. C'était celui d'une mère à son petit garçon absorbé par un nouveau jouet.

Bon sang, je n'étais pas un gamin!

*
* *

Le lendemain matin, j'essayai, en vain, d'atteindre Jim Corrigan. Je laissai un message, lui demandant de venir entre six et sept heures. Il était fort occupé et je n'espérai pas beaucoup le voir, mais il arriva à sept heures moins dix.

Je lui préparai à boire et lui expliquai le motif de mon appel.

— Tu dois te demander pourquoi je t'ai convoqué de façon si comminatoire, mais il s'est produit quelque chose qui peut avoir un rapport avec l'affaire dont nous avons parlé la dernière fois.

— Qu'était-ce? euh... ah! oui! L'histoire du Père Gorman.

— Oui. Tout d'abord : *Le Cheval pâle*. Cela te dit-il quelque chose?

— *Le Cheval pâle?* Non... je ne vois pas. Pourquoi?

— Parce que je crois que cela peut avoir un rapport avec la liste que tu m'as montrée. J'ai été à la campagne, avec des amis, à Much Deeping. On m'a conduit dans une ancienne auberge qui s'appelait le *Cheval pâle.*

— Attends! Much Deeping?... N'est-ce pas dans les environs de Bournemouth?

— A une quinzaine de kilomètres.

— Je ne pense pas que tu aies rencontré un certain Venables?

— Oui, je l'ai vu.

— Tu l'as vu? Tu as du pot, toi! A quoi ressemble-t-il?

— C'est un homme remarquable.

— En quoi?

— Par sa puissante personnalité, d'abord, bien qu'il soit paralysé...

Corrigan m'interrompit brusquement :

— *Quoi?*

— Il a eu la poliomyélite, il y a quelques années. Il est paralysé de la taille aux pieds.

Corrigan se rejeta sur le dossier de sa chaise avec une grimace de dégoût.

— Ça démolit tout! Je me disais que c'était trop beau pour être vrai.

— Je ne te comprends pas du tout.

— Il faut que tu voies l'inspecteur Lejeune. Ce que tu viens de me dire l'intéressera. Lorsque l'on a tué Gorman, Lejeune a demandé aux gens qui l'auraient vu ce soir-là de se faire connaître. La plupart des renseignements n'avaient aucun intérêt, bien entendu. Mais un pharmacien du voisinage, un certain Osborne, a déclaré avoir vu le Père Gorman suivi de près par un homme dont il a fait une excellente description. Et, il y a quelques jours, Lejeune a reçu une lettre de cet Osborne, qui a pris sa retraite et vit à Bournemouth, dans laquelle il disait avoir vu son homme lors d'une fête de charité. Il s'est renseigné et a appris qu'il s'appelait Venables.

— Oui, il a assisté à cette fête. Mais il lui aurait été absolument impossible de suivre le Père Gorman. Osborne s'est trompé.

— Il en a fait une description très minutieuse : un nez en bec d'aigle, une pomme d'Adam très prononcée...

— Oui, cela correspond, mais cependant...

— Je sais. Osborne n'est pas infaillible. Il a été le

jouet d'une ressemblance. Mais c'est troublant de t'entendre parler du même pays... Qu'est-ce que c'est que cette histoire de *Cheval pâle*?

— Tu ne voudras pas me croire.

— Vas-y toujours.

Je lui rapportai ma conversation avec Thyrza Grey. Sa réaction fut immédiate.

— Quelles balivernes! Qu'est-ce qui te prend, Mark? Des poulets blancs... pour les sacrifices, je suppose? Un médium, la sorcière du coin et une vieille fille qui expédient un rayon garanti mortel. C'est fou, mon vieux... absolument fou!

— Oui, c'est fou! répétai-je, morne.

— Oh! ça suffit. Mark! Tu me ferais croire qu'il y a quelque chose là-dedans. Tu y crois, toi?

— Laisse-moi d'abord te poser une question. Est-il vrai que chacun, inconsciemment, désire mourir?

Corrigan hésita un instant avant de répondre.

— Je ne suis pas psychiatre. Entre nous, je crois que la moitié d'entre eux sont aussi un peu givrés. Ils se grisent de phrases. Et ils dépassent la mesure. Je peux t'assurer que la police ne prend pas pour parole d'Evangile tout ce que disent les experts médicaux pour excuser le comportement d'un criminel.

— Tu préfères ta théorie sur l'action glandulaire?

— Ça va, ça va! J'admets être, moi aussi, un théoricien. Mais mon raisonnement est basé sur de bonnes données physiques. Quant à cette histoire de subconscient, peuh!

— Tu n'y crois pas?

— Bien sûr, que j'y crois. Mais il ne faut pas exagérer. Il y a quelque chose dans ce « désir de mourir », mais pas autant qu'on veut le faire entendre. Achète donc un traité de psychologie.

— Thyrza Grey prétend connaître tout ce qu'il y a à savoir sur ce sujet.

— Thyrza Grey! Qu'est-ce que peut comprendre une veille fille racornie à la psychologie? C'est de la fichaise!

— C'est ce qu'ont toujours prétendu les gens pour des découvertes ne correspondant pas à leurs conceptions : des cuirassés? Fichaise! Des avions? Fichaise! Des...

Il m'interrompit.

— Alors, tu as tout avalé? L'hameçon, la ligne et le bouchon?

— Nullement. Je voulais simplement savoir s'il y avait, à cela, une base scientifique.

Il renifla avec mépris.

— Une base scientifique! Mon œil!

— Parfait. Mais tu pourrais au moins me dire où tu en es avec ta liste de noms?

— On a travaillé dur, mais ça prend du temps. Il est difficile d'identifier des noms sans prénoms et sans adresse.

— Prends cela sous un angle différent. Je te parie que depuis un an, un an et demi, *chacun de ces noms a figuré sur un avis de décès*. Ai-je tort?

Il me lança un coup d'œil acéré.

— Tu as raison... c'est ça le pire.

— Ils ont une chose en commun : la mort.

— Oui, mais cela peut avoir moins d'importance qu'il y paraît. Sais-tu combien il meurt de gens chaque jour, en Angleterre? Et beaucoup de ces noms sont très courants... ce qui ne facilite pas les choses.

— Delafontaine, dis-je. Mary Delafontaine. Voilà un nom peu commun. L'enterrement a eu lieu mardi dernier, je crois.

— Comment le sais-tu?

— Par l'une de ses amies.

— Cette mort était parfaitement naturelle. En fait, la police a fait une enquête; tous les décès étaient normaux. S'il y avait eu « accident », cela pourrait être suspect. Mais pneumonie, hémorragie cérébrale, tumeur du cerveau, calculs biliaires, un cas de poliomyélite... rien de suspect, je te dis.

— C'est cela. Aucun accident. Une maladie parfaitement courante et la mort. Exactement ce dont parle Tyrza Grey.

— Vas-tu prétendre que cette femme peut provoquer chez une personne qu'elle n'a jamais vue une pneumonie dont elle mourra?

— Je ne prétends rien de la sorte. C'est *elle*. Je trouve cela fantastique et je voudrais le croire impossible. Mais il demeure des faits pour le moins curieux. Cette évocation du *Cheval pâle*, alors que l'on parlait de faire disparaître un gêneur. Ce *Cheval pâle* existe et la femme qui y habite proclame que ce genre d'opération est faisable. L'homme que l'on prétend avoir su suivre le Père Gorman, le soir de sa mort, vit dans le voisinage.

— Ce ne pouvait pas être Venables puisque, tu le dis toi-même, il est paralysé.

— Du point de vue médical, cette paralysie ne pourrait pas être simulée?

— Bien sûr que non. Les membres sont atrophiés.

— Cela paraît évidemment régler la question, admis-je avec un soupir. Quel dommage! S'il existe une organisation spécialisée, comment dirais-je... en « suppressions humaines », j'aurais très bien vu Venables à sa tête. Les meubles et les objets d'art qu'il possède représentent une véritable fortune. D'où cet argent vient-il?

« ... Tous ces gens qui se sont éteints confortablement dans leur lit, poursuivis-je, qui a profité de leur mort?

— Il y a toujours quelqu'un auquel la mort d'un tiers rapporte à un degré ou à un autre. Lady Hesketh-Dubois, comme tu dois le savoir, laisse à peu près cinquante mille livres. Un neveu et une nièce les héritent. Le neveu vit au Canada. La nièce est mariée dans le nord de l'Angleterre. Ils n'ont besoin d'argent ni l'un ni l'autre. Le père de Thomasina Tuckerton lui avait laissé une belle fortune qui devait revenir à sa femme — la belle-mère de Thomasina — si la jeune fille mourait célibataire avant sa majorité. La belle-mère semble irréprochable. Puis il y a votre Mrs Delafontaine... C'est une cousine qui touche...

— Ah! oui. Et cette cousine?

— Elle vit au Kenya avec son mari.

— Tous magnifiquement absents.

Corrigan me lança un coup d'œil réprobateur.

— Des trois Sandford qui ont avalé leur extrait de naissance, l'un laisse une femme beaucoup plus jeune que lui et qui s'est remariée... sans perdre de temps. Ce Sandford, un catholique, ne voulait pas divorcer. Un certain Sidney Harmondworth, mort des suites d'une hémorragie cérébrale, était soupçonné par le Yard d'augmenter ses revenus en pratiquant un chantage discret. Pas mal de gens bien placés ont dû être joliment soulagés de le voir disparaître.

— Tu en conviendras, tous ces décès sont venus à point. Et, au sujet de Corrigan?

— C'est un nom courant. Il en est mort beaucoup... mais autant qu'on le sache, sans profit pour personne.

— Tu es donc la prochaine victime. Prends garde!

— Je n'y manquerai pas. Mais ne va pas croire que ta sorcière va m'expédier un cancer du duodénum ou la grippe espagnole?

— Jim! Je veux étudier cette affaire de Thyrza Grey. Veux-tu m'aider?

— Ah! non! Je ne peux pas comprendre qu'un type instruit comme toi se laisse prendre à toutes ces fichaises!

— Ne pourrais-tu pas trouver un autre mot?

— Balivernes, si tu préfères.

— Pas davantage.

— On peut dire que tu es entêté.

— Il le faut bien!

CHAPITRE X

Gendoewer Close était une voie nouvellement percée qui affectait la forme d'un demi-cercle. Les ouvriers y travaillaient encore. A mi-parcours, une grille sur laquelle on avait inscrit un nom : *Everest*.

Dans le jardin, un homme plantait des oignons. Lejeune reconnut Osborne sans difficulté. Il poussa la grille. Osborne se redressa pour voir qui envahissait son domaine. A la vue du visiteur, le plaisir ajouta à la couleur déjà riche de ses joues. Il était en manches de chemise et portait de lourdes chaussures, mais cette tenue retirait peu à son aspect méticuleux.

— Bonjour, inspecteur! s'écria-t-il. Votre visite me fait honneur! J'ai reçu votre réponse à ma lettre mais jamais je n'aurais espéré vous voir en personne. Soyez le bienvenu dans mon petit château, dans mon Everest. Ce nom vous surprend, peut-être? J'ai suivi, dans le détail, l'expédition de sir Edmund Hilary! Quel homme! quelle gloire pour notre pays! Mais entrez donc!

Osborne précéda l'inspecteur dans la petite maison. Elle était fort bien tenue, mais parcimonieusement meublée.

— Je ne suis pas encore installé, expliqua l'ancien pharmacien. J'assiste aux ventes aux enchères; on y trouve du bon mobilier pour le quart du prix demandé dans les magasins. Que puis-je vous offrir? Du sherry, de la bière, du thé?

Lejeune choisit la bière.

Mr Osborne s'éloigna pour revenir, un instant plus tard, porteur de deux pichets d'étain crêtés de mousse.

— Un peu de repos ne nous fera pas de mal. *Everest*. Ah! Ah! J'ai toujours aimé la plaisanterie. Ils burent.

— ... Mon renseignement vous a-t-il rendu service?

— Pas autant que nous l'avions espéré, malheureusement.

— Ah! je suis déçu, je l'avoue. Bien que je conçoive qu'il n'y ait aucune raison pour qu'un monsieur suivant la même route que le Père Gorman soit son meurtrier. C'eût été trop beau. Et ce Mr Venables est riche, respecté, et fréquente les gens de la meilleure société.

— Le fait est, dit Lejeune, que cela n'a pas pu être Mr Venables que vous avez vu.

Mr Osborne se leva brusquement.

— Oh! c'était lui! J'en suis absolument certain. *Jamais* je n'oublie un visage.

— Vous vous êtes probablement trompé quand même. Mr Venables est une victime de la poliomyélite. Il est paralysé depuis trois ans et ne peut absolument pas se servir de ses jambes.

— La poliomyélite! s'écria Osborne. Oh! ça, alors... Cela paraît régler la question. Mais cependant... excusez-moi, inspecteur. Ne m'en veuillez pas mais... en avez-vous une preuve médicale?

— Oui. Mr Venables se fait soigner par sir William Dugdale, d'Harley Street, un professeur des plus éminents.

— Bien sûr, bien sûr, le nom est célèbre. Eh bien, j'ai l'impression d'avoir fait fausse route. J'étais tellement sûr... Et je vous ai dérangé pour rien.

— Ne prenez pas cela ainsi, dit vivement Lejeune. Votre renseignement garde sa valeur. L'homme que vous avez vu ressemble beaucoup à Mr Venables et, comme celui-ci a un type très marqué, cela limite le rayon d'action.

— C'est exact, reconnut Osborne, un peu rasséréné. Il ne doit pas y avoir tant de criminels répondant à son signalement. Dans vos fichiers, au Yard...

Plein d'espoir, il regardait l'inspecteur.

— Ce n'est peut-être pas si simple que cela. L'homme peut ne pas être fiché. Et, comme vous le disiez, rien ne prouve qu'il ait quelque chose à voir avec le meurtre du Père Gorman.

Mr Osborne parut, de nouveau, très déprimé.

— Pardonnez-moi. C'est curieux... J'aurais aimé témoigner pour meurtre... Et, je vous l'assure, on ne m'aurait pas fait changer d'avis. Je serais resté sur mes positions!

Lejeune, pensif, regardait son hôte.

— ... Quoi? s'impatienta ce dernier.

— Pourquoi seriez-vous resté sur vos positions?

Le pharmacien eut l'air étonné.

— Parce que je suis certain... Oh! oui, je vois à quoi vous pensez. Je me suis trompé d'homme et ma certitude est sans objet. Et, pourtant, je la ressens...

— Vous devez vous demander le motif de ma présence chez vous puisque j'ai eu la preuve médicale que Mr Venables n'était pas le suspect? Je suis venu parce que la précision de votre description m'a frappé. Souvenez-vous-en, il y avait du brouillard, ce soir-là. Je me suis rendu dans votre pharmacie. Debout sur votre seuil, j'ai regardé de l'autre côté de la rue. Il m'a paru que, par une soirée de brouillard, il devait être pratiquement impossible de distinguer clairement les traits de quelqu'un.

— Dans une certaine mesure, vous avez raison. Le brouillard *montait*, mais de façon irrégulière. Il restait des places claires. C'est ainsi que j'ai pu voir le Père Gorman et l'homme qui le suivait. De plus, quand celui-ci a été à ma hauteur, il a manœuvré un briquet pour allumer sa cigarette. J'ai fort bien vu son profil, à ce moment : le nez, le menton, la pomme d'Adam. Il n'était jamais venu chez moi, sans quoi je m'en serais souvenu.

— Oui, dit Lejeune, pensif.

— Un frère, peut-être, suggéra vivement Osborne. Un jumeau?

Lejeune sourit et secoua la tête.

— C'est très commode dans un roman. Mais, dans la vie... Cela n'arrive pratiquement jamais.

— Non... évidemment. Cependant, une ressemblance de famille.

— Pour autant que nous le sachions, Mr Venables n'a pas de frère.

— Pour autant que vous le sachiez? répéta Osborne.

— Bien que de nationalité britannique, il est né à l'étranger. Ses parents ne l'ont amené en Angleterre qu'à l'âge de onze ans.

— Vous ne savez pas grand-chose de lui, de sa famille?

— Non, reconnut Lejeune. Ce n'est pas chose facile, à moins d'aller lui poser des questions directes... et nous n'avons aucun motif pour le faire.

Il existait évidemment d'autres moyens d'agir mais il n'avait pas l'intention de le dire à Osborne.

— ... Donc, poursuivit-il en se levant, certificat médical à part, vous êtes certain d'être tombé juste?

— Oh! oui. Pour moi, savez-vous, c'est devenu un véritable passe-temps que de me souvenir des visages — il eut un petit rire — combien de mes clients ai-je surpris en leur rappelant des descriptions remontant à plusieurs mois. Les gens aiment qu'on se souvienne d'eux. Je me suis entraîné dès mon plus jeune âge. Au bout d'un certain temps, cela devient automatique. Il n'y a aucun effort à faire.

Lejeune soupira.

— J'aimerais disposer d'un témoin comme vous à la barre!

Mr Osborne parut très satisfait.

— C'est un don, dit-il, modeste. Pour ma part, j'ai cultivé le mien. Qu'on m'apporte un plateau chargé d'objets les plus divers, il me faudra quelques secondes pour les enregistrer et en donner la liste. Cela surprend tout le monde. Cela n'a rien de merveilleux. Une question d'habitude. Je suis assez bon prestidigitateur également. Excusez-moi, mais qu'avez-vous dans votre poche?

Il se pencha et retira un petit cendrier de la poche de l'inspecteur.

— ... Inspecteur! Et vous êtes de la police?

Il rit de bon cœur et Lejeune avec lui. Puis Osborne poussa un soupir.

— ... J'ai une jolie maison. Les voisins paraissent aimables. J'ai rêvé de cette vie pendant des années mais, je vous l'avoue, mon affaire me manque. Une allée et venue perpétuelle; des gens à étudier. Je désirais un jardin peuplé de papillons et d'oiseaux, mais je n'aurais pas cru que l'espèce humaine me manquerait tellement... Je suis allé passer un week-end en France. C'est bien, je dois le dire, mais j'ai compris, nettement, que l'Angleterre me suffisait. La nature est étrange! Je n'avais qu'une idée : prendre ma retraite et, maintenant, je songe fermement à acheter une part dans une pharmacie de Bournemouth... juste pour avoir quelque chose à faire sans l'obligation d'être au magasin à heures fixes.

« ... Au revoir, inspecteur. Je suis désolé de n'avoir pu vous aider. S'il y avait quelque chose...

— Je vous le ferais savoir, assura Lejeune.

— Cela promettait, pourtant...

— Je sais. Quel dommage que le rapport médical soit si net, mais on n'y peut rien, n'est-ce pas?

— Euh...

Lejeune s'éloigna rapidement. Osborne, debout à la grille, le suivit des yeux.

« Rapport médical! Un médecin! S'il connaissait la moitié de ce que je sais en ce qui les concerne! Pauvres naïfs! Un médecin! »

CHAPITRE XI

LE RECIT DE MARK EASTERBROOK

Hermia d'abord, ensuite Corrigan.

Je m'étais rendu ridicule, c'était un fait! J'avais marché comme un imbécile. Thyrza Grey m'avait hypnotisé, sans doute. Je n'étais qu'un âne crédule et superstitieux.

J'allais tout laisser tomber!

En un écho lointain, j'entendis la voix pressante de Mrs Dane Calthrop : *Il faut faire quelque chose!*

C'était facile à dire.

Il faut quelqu'un pour vous aider.

Ni Hermia, ni Corrigan ne voulaient jouer le jeu. Je ne connaissais personne d'autre.

A moins que...

Je décrochai le téléphone, appelai Mrs Oliver.

— Allô! Ici, Mark Easterbrook.

— Oui.

— Pourriez-vous me donner le nom de la jeune fille avec laquelle nous étions chez mes cousins?

— Je m'y attendais! Elle s'appelle Ginger.

— Cela, je le sais. Mais encore?

— Encore quoi?

— Elle doit bien avoir un nom de famille?

— Evidemment. Mais je l'ignore. Je ne me souviens pas l'avoir entendu. Je ne l'avais jamais vue. Téléphonez donc à Rhoda pour le lui demander.

Cette idée ne me plaisait pas du tout.

— Oh! non, c'est impossible.

— C'est simple comme bonjour. Dites que vous avez perdu son adresse, que vous ne pouvez pas vous souvenir de son nom et que vous avez promis de lui envoyer un de vos livres, ou de lui retourner un mouchoir qu'elle vous a prêté parce que vous saigniez du nez, ou lui fournir l'adresse d'un ami fortuné qui veut faire restaurer un de ses tableaux. Cela vous convient-il? Je puis vous trouver autre chose?

— Cela me suffit amplement, merci mille fois.

Je raccrochai, redécrochai et parlai presque aussitôt à Rhoda.

— Ginger? Elle habite à Mews. 45, Calgary Place. Attends une minute, je te donne son numéro de téléphone. Capricorne 35987. Ça va?

— Oui, merci. Mais son nom! Je l'ignore.

— Son nom? Oh! Corrigan. Katherine Corrigan. Que dis-tu?

— Rien. Merci, Rhoda.

Quelle coïncidence. Corrigan! Peut-être était-ce un présage? J'appelai Capricorne 35987.

***

Ginger me faisait face, à une table du *Cacatoès blanc* où nous nous étions donné rendez-vous. Les mêmes cheveux roux ébouriffés, les taches de rousseur, les yeux verts et vifs. Elle avait sa tenue d'artiste londonienne : un pantalon très étroit, une chemise de jersey et des chaussettes noires, mais c'était la même Ginger et elle me plaisait beaucoup.

— J'ai eu du mal à retrouver votre trace, dis-je. J'ignorais jusqu'à votre nom...

Et je lui racontai l'histoire que j'avais dite à Hermia. Cela dura moins longtemps puisqu'elle connaissait le *Cheval pâle* et ses occupantes. Lorsque j'eus terminé, je gardai les yeux baissés. Je ne voulais pas voir son amusement indulgent, ou son incrédulité.

— C'est tout? demanda Ginger d'un ton vif.

— Oui.

— Qu'avez-vous l'intention de faire?

— Vous pensez... que je *dois* faire quelque chose?

— Mais évidemment! Quelqu'un doit agir! On ne peut pas laisser une bande organisée faire disparaître des gens sans réagir!

— Mais, que *puis-je* faire?

Pour un peu, je lui aurais sauté au cou.

Elle buvait à petits coups, en fronçant les sourcils. Une sensation de chaleur me parcourut. Je n'étais plus seul!

— Il faut que vous trouviez tout ce que cela signifie.

— Je suis d'accord. Mais comment?

— Il semble y avoir un ou deux indices. Je pourrais peut-être vous aider.

— Vous le feriez? Mais votre travail?

— On a du temps entre les heures de bureau.

Elle fronça les sourcils, de nouveau.

— ... Cette fille, dit-elle. Celle que vous avez vue au cours d'un souper. Poppy... Elle sait quelque chose... c'est évident.

— Oui, mais elle est terrifiée. Elle n'a pas voulu parler.

— C'est là que je puis être utile. Elle me dira des choses qu'elle vous tairait. Pouvez-vous faire en sorte que nous nous rencontrions? Votre ami et elle, vous et moi? Une revue, un dîner... Mais, peut-être serait-ce trop cher?

Je la rassurai sur ce point.

— ... Quant à vous...

Elle resta songeuse une minute.

— Le mieux serait que vous vous occupiez de Thomasima Tuckerton.

— Mais elle est morte.

— Et quelqu'un désirait sa mort, si votre idée est juste! Et cela a été arrangé au *Cheval pâle*. Il semble y avoir deux possibilités. La belle-mère ou la fille avec laquelle elle s'est battue. Ce jeune homme qu'elle avait séduit, peut-être voulait-elle l'épouser. Cela ne faisait pas l'affaire de la belle-mère... ni celle de l'autre fille, si elle aimait le garçon. L'un des deux peut avoir été au *Cheval pâle*. On peut trouver quelque chose de ce côté. Comment s'appelait la fille?

— Lou, il me semble.

— Des cheveux raides blond cendré, taille moyenne, le postérieur assez bas?

La description convenait.

— Il doit s'agir de Lou Ellis. Elle a pas mal d'argent, elle aussi...

— Elle n'en donne pas l'impression.

— C'est le genre. Mais elle en a. Elle pourrait payer les honoraires des trois sorcières. Je ne pense pas qu'elles travaillent gratis.

— Cela me paraît improbable.

— Allez voir la belle-mère. C'est votre affaire plus que la mienne.

— Je ne sais même pas où elle habite.

— Luigi connaissait Tommy. Il saura dans quelle région elle habitait. Mais quels idiots nous sommes! Vous avez vu l'avis de son décès dans le *Times*. C'est facile à retrouver.

— Il me faudrait un prétexte pour faire parler la belle-mère.

Ginger ne s'embarrassa pas pour si peu.

— Vous êtes *quelqu'un*. Un historien. Vous faites des conférences... Mrs Tuckerton sera très impressionnée et flattée de vous recevoir.

— Mais sous quel prétexte?

— L'intérêt que vous portez à sa maison. Si c'est une vieille boîte, il y a sûrement quelque chose à faire.

— Je n'y entends rien.

— Comment le saura-t-elle? Les gens sont toujours persuadés qu'une bâtisse d'un siècle est susceptible d'intéresser un historien ou un archéologue. Elle doit bien avoir quelques vieux tableaux. Peu importe. Vous prenez rendez-vous, vous lui passez de la pommade, vous faites du charme et vous dites avoir rencontré sa fille... sa belle-fille... vous compatissez... Et, brusquement, une allusion au *Cheval pâle*. Soyez sinistre, si vous y tenez.

— Et, ensuite?

— Vous observez ses réactions. Si elle n'a pas la conscience tranquille, en entendant parler du *Cheval pâle*, je la défie de ne pas se trahir.

— Et... si elle réagit?

— Nous saurons, et c'est l'important, que nous sommes sur la bonne voie. Dès que nous aurons une certitude, nous foncerons!

« ... Autre chose, ajouta-t-elle, songeuse. Pourquoi la Grey vous a-t-elle raconté tout cela? Pourquoi s'est-elle tellement avancée?

— Par bêtise.

— Non, ce n'est pas cela. Pourquoi *vous* a-t-elle choisi? Je me demande si elle ne sert pas de lien.

— De lien?

— Une seconde... que je mette de l'ordre dans mes idées.

J'attendis. Ginger hocha la tête avec vigueur.

— Admettons... admettons que cela se passe ainsi. Poppy sait, vaguement peut-être, mais elle sait ce qui se passe au *Cheval pâle*. Elle me paraît être de ce genre de fille insignifiante dont on ne se méfie pas. On l'a peut-être entendue au cabaret bavarder avec vous, et quelqu'un l'a priée brutalement de « la fermer ». Le lendemain, vous venez lui poser des questions. Terrifiée, elle refuse de répondre. Mais cela se sait. Pourquoi montrez-vous cette curiosité? Vous n'êtes pas de la police. Seriez-vous un client éventuel?

— Mais...

— C'est de la logique pure. Des bruits ont couru, vous voulez en avoir le cœur net... en tirer parti. Et vous paraissez à la fête de Much Deeping. On vous amène au *Cheval pâle*, sur votre demande, bien sûr. Et qu'arrive-t-il? Thyrza Grey vous joue le grand jeu.

— Oui. C'est possible. La croyez-vous capable de faire ce qu'elle dit, Ginger?

— Selon moi, non. Mais il y a des choses si surprenantes : surtout en matière d'hypnotisme. L'étrange pouvoir de la suggestion... Cela paraît relever du charlatanisme mais... En ce qui concerne

Thyrza... Je ne *pense* pas qu'elle ait raison... mais j'ai grand peur qu'elle *puisse avoir raison!*

— Oui.

— Je peux retrouver Lou et la sonder. Mais la première chose à faire est de voir Poppy.

Cela marcha très bien. David était libre, trois jours plus tard. Nous nous donnâmes rendez-vous au théâtre et il arriva, Poppy à sa remorque. Nous choisîmes le *Fantaisie* pour souper. Ginger et Poppy, parties de conserve pour se poudrer le nez, reparurent — au bout d'un certain temps — en excellents termes. Nous ne parlâmes que de sujets fort anodins et, la soirée terminée, je reconduisis Ginger chez elle.

— Pas grand-chose à signaler, dit-elle, joviale. J'ai vu Lou. Le garçon pour lequel elle s'est battue est, à ce qu'il me semble, un sale individu que les filles s'arrachent. Il serrait Lou de près lorsque Tommy est entré en scène. Lou, plaquée, s'est fâchée. C'était pour l'argent de Tommy qu'il la lâchait, a-t-elle prétendu. Mais, à l'entendre, ce n'était pas une bataille sérieuse, rien qu'un « accrochage ».

— Un accrochage... Elle a arraché les cheveux de Tommy.

— Je vous répète ce qu'elle m'a dit.

— Elle a été bavarde, à ce que je vois.

— Elles adorent raconter leurs petites affaires à qui veut les entendre. Au fait, Lou a un nouveau petit ami, aussi peu intéressant que le premier. Elle l'adore. Elle ne me paraît pas connaître le *Cheval pâle*. J'en ai parlé, elle n'a pas réagi. Je crois qu'on peut la rayer de notre liste. Qu'avez-vous fait avec la belle-mère?

— Elle voyage à l'étranger. Elle revient demain. J'ai dicté une lettre à ma secrétaire pour lui demander un rendez-vous.

— Parfait. Cela commence à remuer. Qu'est-il advenu de la femme qui avait fait appeler le Père Gorman? Est-elle morte? Qui était-elle?

— Elle est morte. Je ne sais pas grand-chose sur elle. Elle s'appelait Davis, je crois.

— Si nous pouvions en apprendre plus long, peut-être saurions-nous comment elle a obtenu les renseignements confiés au Père Gorman.

Le lendemain, de bonne heure, j'eus Corrigan au téléphone et lui posai la question.

— Un instant, j'ai noté quelques détails. Voici... Mrs Davis s'appelait en fait Archer, son mari était un petit bandit. Elle l'avait quitté et repris son nom de jeune fille.

— Où est-il, cet Archer?

— Il est mort. Un type sans intérêt. Un petit voleur à l'étalage.

— Il n'y a pas grand-chose, là-dedans.

— Non. La maison pour laquelle travaillait Mrs Davis, la C.R.C., une entreprise publicitaire, semble ne rien savoir d'elle.

Je remerciai et raccrochai.

CHAPITRE XII

LE RECIT DE MARK EASTERBROOK

Trois jours plus tard, Ginger me téléphona.

— J'ai quelque chose pour vous. Un nom et une adresse. Inscrivez-les.

Je pris mon bloc.

— Allez-y.

— Bradley, 78, Municipal Square Buildings, Birmingham.

— Je veux bien être pendu si j'y comprends quelque chose.

— Je suis comme vous et je doute que Poppy sache exactement ce que cela veut dire.

— Poppy? Est-ce...?

— Oui. Je l'ai travaillée ferme. Je vous l'avais dit! Quand elle a été apprivoisée, ça a été facile.

— Comment vous y êtes-vous prise?

Ginger rit.

— Secrets féminins, vous ne comprendriez pas. Toujours est-il que nous avons déjeuné ensemble. J'ai parlé de ma vie sentimentale... et des obstacles qui l'encombraient... un homme marié à une femme impossible... catholique se refusant à lui accorder le divorce... faisant de sa vie un enfer. Et, de plus, paralysée, souffrant le martyre, mais destinée à vivre cent ans. Ce serait un bienfait *pour elle* de mourir. J'ai ajouté que je songeais sérieusement au *Cheval pâle*, mais que je ne savais pas comment m'y prendre et que cela devait être extrêmement cher. Poppy a reconnu l'avoir entendu dire. J'ai dit alors que j'avais des espérances. Ce qui est vrai : un grand-oncle, un amour, dont je ne souhaite nullement la mort! Mais c'est utile. J'ai exprimé l'espoir qu'un acompte, au début, serait accepté, peut-être. Mais comment faire? C'est alors que Poppy m'a fourni nom et adresse. « Allez-y, m'a-t-elle dit », pour fixer les détails financiers.

— C'est fantastique!

— Oui, plutôt.

— Elle vous a dit cela, comme ça... sans avoir peur?

— Vous ne comprenez pas! dit Ginger, impatientée. Ce qu'elle m'a dit ne compte pas. Et, après tout,

Mark, si ce que nous pensons est exact, il faut à cette affaire une certaine publicité. Il faut *renouveler* la clientèle.

— Nous sommes fous.

— Entendu, nous le sommes. Irez-vous à Birmingham voir ce Mr Bradley?

— Oui, dis-je. Je vais le voir... s'il existe.

Je ne pouvais pas y croire. Ce en quoi je me trompais.

Municipal Square Buildings était une énorme ruche dont chaque alvéole contenait un bureau. Le soixante-dix-huit se trouvait au troisième étage. La porte vitrée portait en lettres noires : « C. R. Bradley. Agent d'affaires. » Et, au-dessous, en caractères plus petits : « Entrez sans frapper. »

J'entrai, me trouvai dans une étroite antichambre vide. Face à moi, une porte entrouverte marquée du mot : « Privé. »

— Entrez, je vous prie, entendis-je.

J'obéis. La pièce, assez grande, abritait un bureau, deux chaises d'aspect confortabe, un téléphone, un classeur et Mr Bradley lui-même.

Un petit homme brun, aux yeux noirs, rusés. Vêtu de sombre, c'était l'image de la respectabilité.

— Fermez la porte, voulez-vous, dit-il d'un ton plaisant. Et prenez un siège. Une cigarette? Non? Alors, en quoi puis-je vous être utile?

Je le regardai. Je ne savais par quoi commencer, que dire. Me jetai-je à l'eau? Fus-je poussé par l'expression de ses petits yeux?

— Combien? dis-je.

Cela le surprit un peu et je le notai avec satisfaction. Mais, malgré cela, il ne parut pas songer un instant qu'un détraqué venait de passer son seuil.

Il leva les sourcils.

— Eh bien, eh bien, vous n'aimez pas perdre votre temps.

— Votre réponse? insistai-je.

Il hocha la tête d'un air gentiment réprobateur.

— Ce n'est pas une façon d'agir. Procédons comme il se doit.

Je haussai les épaules.

— Comme vous voudrez. Et comment « doit-on »?

— Nous ne nous sommes même pas présentés mutuellement. Jignore votre nom.

— Pour l'instant, je n'éprouve aucune envie de vous le dire.

— Prudent?

— Prudent.

— Remarquable qualité... bien que parfois un peu gênante. Qui vous a envoyé à moi? Quel est notre ami commun?

— Je ne puis vous le dire. Un de mes amis a un ami qui connaît l'un des vôtres.

Mr Bradley opina du chef.

— Beaucoup de mes clients me viennent de cette façon. Certains problèmes sont... disons délicats. Vous connaissez ma profession, je présume?

Il n'attendit pas ma réponse et me la fournit lui-même.

— ... Je m'occupe de chevaux. Cela vous intéresse?

— Je ne joue pas aux courses, répondis-je sans me compromettre.

— Il y a autre chose, la course, la chasse, la monte. Je m'attache au côté sportif. Le pari.

Il marqua un temps d'arrêt, puis d'un ton indifférent... trop indifférent :

— ... Songez-vous à un cheval en particulier?

Je haussai les épaules et brûlai mes vaisseaux.

— A un cheval pâle...

— Ah! Très bien. Excellent. Mais ne soyez donc pas nerveux. Il n'y a aucune raison.

— Que vous dites! répliquai-je brutalement.

Mr Bradley se fit encore plus doucereux.

— Je comprends parfaitement vos sentiments. Mais je vous assure qu'il n'y a pas de quoi s'inquiéter. Je suis avocat... radié, bien sûr. Sans quoi je ne serais pas ici. Mais je connais la loi, n'en doutez pas. Tout ce que je recommande est parfaitement légal. Je ne fais qu'enregistrer des paris. On peut parier ce que l'on veut : qu'il pleuvra le lendemain; que les Russes enverront un homme dans la lune; que votre femme aura des jumeaux. Vous pouvez parier que Mr B. mourra avant Noël, ou que Mrs C. vivra jusqu'à cent ans. Vous vous basez sur votre intuition, ou votre instinct, ce que vous voudrez. C'est simple.

J'avais l'impression d'entendre un chirurgien me rassurer avant de m'opérer.

— Je ne comprends pas cette histoire de *Cheval pâle*, dis-je lentement.

— Et cela vous ennuie? Oui, cela tracasse beaucoup de gens. Franchement, je ne comprends pas moi-même. Mais les résultats sont merveilleux.

— Ne pourriez-vous m'en dire davantage? J'étais dans la peau de mon personnage, à présent : prudent, impatient et... terrifié. Cette attitude n'était pas neuve pour Mr Bradley.

— Ne connaissez-vous pas du tout l'endroit?

Je réfléchis, très vite. Il eût été imprudent de mentir.

— Je... eh bien... j'y ai été avec des amis. On m'y a emmené...

— Charmante vieille auberge, restaurée de façon parfaite. Vous avez donc fait sa connaissance? Je veux parler de mon amie, de Miss Grey?

— Oui... oui... bien sûr. Une femme extraordinaire.

— N'est-ce pas? Extraordinaire. Elle vous stupéfie. Quels dons!

— Et ce qu'elle raconte! C'est... c'est impossible!

— Voilà! Ce qu'elle prétend comprendre et faire est impossible! Tout le monde le dirait. Devant un tribunal, par exemple...

Le regard des petits yeux noirs fouillait les miens.

— ... Devant un tribunal, répéta Bradley, cela semblerait ridicule! Si cette femme se levait et s'accusait de meurtre à distance, par la puissance de la volonté ou tout autre terme qu'il lui plairait d'employer, on ne la prendrait pas au sérieux. Même si sa déposition était vraie (ce que des gens intelligents comme vous ou moi ne pouvons croire un instant), elle ne serait pas admise légalement. Un meurtre à distance ridicule. Et c'est là que réside la beauté de la chose... si vous y songez.

Il cherchait à me rassurer. Si j'engageais Thyrza Grey à user de sa puissance maléfique, je ne risquais rien, du point de vue légal. Mon scepticisme naturel reprit vite le dessus.

— Mais, bon sang! m'écriai-je. C'est fantastique, impensable! Je n'en crois pas un mot!

— Je suis entièrement de votre avis. Thyrza Grey est une femme douée de pouvoirs étranges auxquels on a peine à croire. Elle est écossaise et ce que l'on appelle la seconde vue est commun à cette race. Cela existe. Mais ce à quoi je crois, et sans hésitation : (il se pencha sur moi) Thyrza Grey sait, longtemps à l'avance, quand quelqu'un doit mourir! C'est un don. Elle le possède.

Il se redressa, me regarda avec attention. J'attendis.

— ... Imaginons un cas. Quelqu'un, vous-même, ou une autre personne, désire vivement savoir quand... disons la tante Eliza doit mourir. Cela peut servir, avouez-le, de connaître un détail de ce genre. Rien de déplaisant... une simple question d'affaires. Arrivera-t-il, dirons-nous, certaine somme bien utile en novembre prochain? Si on le sait, avec certitude, on peut faire des projets. La mort est une affaire tellement risquée. La chère vieille Eliza peut vivre, avec l'aide des médecins, dix ans encore. Cela vous plairait, bien sûr, vous l'aimez beaucoup, la pauvre. Mais ce serait si agréable de *savoir*.

« ... Comme je vous le disais, je suis joueur. Je parierais sur n'importe quoi. Vous venez me trouver. Naturellement, vous n'allez pas parier sur la mort de la vieille dame. Cela répugnerait à vos sentiments délicats. Nous présentons cela d'autre façon. Vous me pariez une certaine somme que la tante Eliza sera fraîche comme l'œil au prochain Noël. Je vous parie que non. »

Les petits yeux me fouillaient...

— ... Rien là-contre, n'est-ce pas? C'est simple. Nous discutons à ce sujet. Je prétends que la tante mourra, vous vous obstinez à dire le contraire. Nous préparons un contrat que nous signons. Je vous donne une date. A quinze jours de cette date, avant ou après, on annoncera les funérailles de la tante Eliza. Vous dites que non. Si vous avez raison... je *vous* paye. Si vous vous trompez, vous *me* payez.

Je le regardais, m'efforçant de ressentir les sentiments d'un homme qui désire se débarrasser d'une vieille dame fortunée. Non. Il m'était plus facile de m'imaginer saigné à blanc depuis des années par un maître chanteur. Je ne pouvais plus y tenir. Je voulais sa mort, et je n'avais pas le courage de le tuer moi-même, mais je donnerais n'importe quoi... oui, n'importe quoi...

Je parlai d'une voix rauque, mais avec assurance.

— Vos conditions?

Mr Bradley changea d'attitude. Il devint gai, presque facétieux.

— Nous y voilà! Ou plus exactement, vous y étiez déjà. « Combien? » m'avez-vous demandé. Vous m'avez plutôt surpris. Je n'avais jamais entendu quelqu'un en arriver aussi vite au fait.

— Vos conditions?

— Cela dépend de nombreux éléments. Dans beaucoup de cas, la somme dont peut disposer le client joue un rôle primordial. Pour un mari gênant, un maître-chanteur... Enfin, pour être précis, je ne parie pas avec des clients pauvres... sauf dans un cas comme celui dont je vous ai parlé, où la fortune de la tante Eliza est à considérer. Les conditions se font par accord mutuel. Nous y avons intérêt, chacun de notre côté. La cote est de cinq cents contre un, en général.

— Cinq cents contre un, c'est exorbitant.

— Je cours un risque. Si la tante Eliza était déjà inscrite pour le grand départ, vous le sauriez déjà et ne viendriez pas me trouver. Prophétiser la mort de quelqu'un sous deux semaines entraîne de longs paris. Cinq mille contre cent, cela n'a rien d'excessif.

— Et si vous perdez?

Bradley haussa les épaules.

— Ce serait dommage. Je paierais.

— Et si je perds et ne paye pas?

Bradley ferma à demi ses petits yeux.

— Je ne vous le conseillerais pas, dit-il avec douceur.

Un léger frisson me parcourut.

Je me levai.

— Je... il me faut réfléchir.

Mr Bradley retrouva aussitôt ses manières affables.

— Mais bien sûr! Il ne faut jamais se hâter.

Si vous vous décidez, revenez et nous étudierons l'affaire dans ses détails. Prenez votre temps.

Je sortis, l'écho de ces mots résonnant encore dans mes oreilles : « Prenez votre temps... »

CHAPITRE XIII

LE RECIT DE MARK EASTERBROOK

Je me décidai à interviewer Mrs Tuckerton avec le plus parfait manque d'enthousiasme. Malgré l'avis de Ginger, j'étais loin de trouver cela prudent. Tout d'abord, je ne me sentais pas à la hauteur de la tâche que je m'assignais. Je doutais fortement de mon habileté à jouer la comédie.

Ginger, avec l'ardeur terrifiante qu'elle était capable de déployer quand elle le voulait, m'avait donné ses instructions par téléphone.

— Ce sera très simple. La maison est de Nash. Mais d'une facture inhabituelle chez lui. Une de ses inspirations néo-gothiques!

— Et pourquoi désirerais-je la voir?

— Vous avez l'intention d'écrire un article ou un livre sur les influences modifiant les styles architecturaux. Quelque chose dans ce genre.

— Cela me paraît un bel attrape-nigaud.

— Ridicule, dit Ginger avec force. Quand il est question de littérature ou d'art, les gens les plus sérieux et les moins discutables écrivent n'importe quoi. Je pourrais vous citer des chapitres entiers d'absurdités.

— C'est pourquoi vous feriez beaucoup mieux l'affaire que moi.

— C'est là où vous vous trompez. Mrs Tuckerton peut chercher dans le Bottin mondain, elle vous y trouvera. Mais pas moi.

Je m'avouai battu mais non convaincu.

A l'issue de mon entretien avec Bradley, Ginger et moi-même nous avions tenu conseil. Cela lui avait paru moins incroyable qu'à moi.

— A présent, nous *savons* qu'il existe un organisme chargé de faire disparaître les gens.

— De façon surnaturelle!

— Vous vous cramponnez à vos idées. Les gris-gris de Sybil, le charlatanisme dont elle s'entoure, tout vous désaxe. Si Bradley s'était révélé un pseudo-astrologue, oui. Mais, comme il semble n'être qu'un sale petit bandit ferré en droit, cela prend forme. Si bizarre que cela puisse paraître, ces trois femmes du *Cheval pâle* ont mis en pratique quelque chose qui *marche*.

— Si vous en êtes convaincue, alors, pourquoi voir Mrs Tuckerton?

— Précaution supplémentaire. Nous savons ce que Thyrza *dit* pouvoir faire. Nous connaissons de quelle façon on règle le côté financier de l'opération. Nous avons quelques détails concernant trois des victimes. Il nous faut connaître le point de vue du client.

— Et si Mrs Tuckerton ne révèle rien qui puisse laisser entendre qu'elle a été cliente?

— Nous reporterons notre enquête ailleurs.

C'est ainsi que je me retrouvai devant la porte de Carraway Park, château de proportions modestes, répondant peu, à mon avis, au style de Nash. Mais j'étais très peu documenté sur la question.

Un valet misérable, vêtu d'alpaga râpé, répondit à mon coup de sonnette.

— Mr Easterbrook? Madame attend monsieur, dit-il.

Il m'introduisit dans un salon meublé avec un soin excessif. Tout, autour de moi, était dispendieux et dépourvu de goût. Un ou deux beaux tableaux pour une profusion de peintures sans beauté. Des flots de brocart jaune. L'arrivée de Mrs Tuckerton me dispensa de poursuivre mon examen.

Je ne sais à quoi je m'étais attendu mais je fus très surpris : une femme, jeune encore, et parfaitement commune. Rien de remarquable en elle. La bonté ne devait pas être sa qualité dominante. Les lèvres, en dépit d'une généreuse application de rouge, étaient minces et serrées. Les yeux, bleu pâle, donnaient l'impression d'évaluer le prix de toute chose. Elle devait être du genre de femme habituée à distribuer des pourboires mesquins. Les femmes comme elle sont légion mais, en général, moins richement habillées et habilement maquillées.

— Mr Easterbrook?

Ma visite, c'était évident, la ravissait.

— ... Je suis *tellement* heureuse de vous voir, que ma maison puisse vous intéresser! Bien sûr, je savais, par mon mari, qu'elle avait été construite par Nash, mais *jamais* je n'aurais pensé qu'elle puisse retenir *votre* attention!

— Voyez-vous, madame, elle n'est pas de la facture habituelle à Nash et, de ce fait, euh...

Elle me tira d'embarras.

— Je suis d'une terrible ignorance en ce qui concerne... l'architecture, l'archéologie, enfin toutes ces choses. Mais, ne m'en veuillez pas...

Loin de lui en vouloir, je lui en savais gré.

— ... Evidemment, tout cela est passionnant.

— Nous autres, spécialistes, sommes parfaitement ennuyeux, lui dis-je.

Elle se récria, me demanda si je désirais prendre le

thé avant de visiter la maison ou effectuer la visite avant de prendre le thé.

Je n'avais pas songé à cette éventualité, mon rendez-vous étant fixé à trois heures trente, mais je choisis de commencer par faire le tour du propriétaire.

Elle me guida, bavardant inlassablement, ce qui m'était d'un grand secours.

Ma visite s'annonçait bien, me dit-elle, la maison était à vendre.

— Elle est trop grande pour moi... depuis la mort de mon mari... Je n'aurais pas aimé que vous la voyiez vide. Une maison doit être occupée pour qu'on l'apprécie, n'est-ce pas, monsieur?

Pour ma part, je l'eusse préférée inhabitée et débarrassée de son mobilier, mais ce n'était pas une chose à dire. Je demandai à mon hôtesse si elle avait l'intention de rester dans le voisinage.

— Je ne sais pas au juste. J'ai envie de voyager un peu, d'aller au soleil. Je déteste ce triste climat. Je projette d'aller passer l'hiver en Egypte. J'y ai été, il y a deux ans. Quel pays merveilleux! Mais, suis-je sotte, vous devez le connaître par cœur!

J'ignorais tout de l'Egypte et le lui dis.

— Je n'en crois rien, rétorqua-t-elle d'un ton léger. Voici la salle à manger. Elle est octogonale. C'est bien le terme?

J'acquiesçai, admirai et, la visite terminée, nous nous retrouvâmes dans le salon. Mrs Tuckerton sonna pour le thé. Celui-ci fut apporté par le valet à l'aspect poussiéreux. La grosse théière en argent aurait eu besoin d'un sérieux astiquage.

Mrs Tuckerton soupira quand nous fûmes seuls.

— Les domestiques sont impossibles, aujourd'hui. A la mort de mon mari, le couple qui était dans la maison depuis près de vingt ans a donné son congé, prétextant qu'il prenait sa retraite. Mais on m'a dit qu'il s'était replacé autre part. Et ces gages qu'on leur donne! N'est-ce pas incroyable, avec ce qu'ils mangent, sans parler du blanchissage!

Oui, songeais-je, ces yeux pâles, cette bouche mince décelaient bien l'avarice.

Il n'était pas difficile de faire parler Mrs Tuckerton. Elle aimait se raconter. Un air attentif, un mot d'encouragement de temps à autre, et j'appris sur elle beaucoup plus qu'elle ne le crût.

Je sus ainsi qu'elle avait épousé Thomas Tuckerton, un veuf, cinq ans auparavant. Elle était « beaucoup, beaucoup plus jeune que lui ». Elle l'avait rencontré dans un grand hôtel du bord de la mer, qu'elle fréquentait « comme quatrième au bridge ». Ce détail lui échappa sans qu'elle s'en rendît compte. Il avait une fille dans une école des environs. Pauvre Thomas, il était si seul... Sa première femme était morte depuis plusieurs années, et elle lui manquait beaucoup.

Et Mrs Tuckerton continua de se dépeindre. Une jeune femme au cœur tendre prenant pitié d'un homme vieillissant, solitaire. La mauvaise santé de celui-ci, le dévouement de celle-là.

— Evidemment, dans les derniers temps de sa maladie, je n'ai pu avoir aucun ami personnel.

Thomas Tuckerton aurait-il trouvé indésirables certaines relations masculines de sa femme? Cela expliquerait les termes du testament dont Ginger avait demandé communication à l'Administration.

Des legs à des vieux domestiques, à des filleules et une pension à sa femme — convenable, mais nullement généreuse; l'usufruit à vie d'une certaine somme. Le reste de ses biens, qui dépassaient cent mille livres, à sa fille Thomasina Ann, pour lui revenir en toute propriété le jour de ses vingt et un ans, ou le jour de son mariage. En cas de sa mort avant sa majorité, l'argent revenait à sa belle-mère. Il n'y avait, semblait-il, aucun autre membre de la famille.

La prise, pensais-je, fut bonne et Mrs Tuckerton aimait l'argent, cela se voyait, se sentait à première vue. Elle avait été pauvre, évidemment, jusqu'à ce qu'elle épousât son riche veuf. Et, peut-être cela lui était-il monté à la tête. Longtemps embarrassée d'un mari invalide, elle aspirait au jour où elle serait libre, encore jeune, et riche au-delà de toutes ses espérances.

Le testament fut une déception. Elle avait rêvé mieux qu'une rente modeste. Elle espérait croisières luxueuses, robes, bijoux ou, peut-être, la joie pure de posséder de l'argent pour le seul plaisir de le voir s'entasser, à la banque.

Et tout avait été donné à la fille qui, selon toute vraisemblance, n'aimait pas sa belle-mère et, avec la cruauté de la jeunesse, le lui avait fait savoir. Cette fille qui serait riche à moins que...

A moins que?... Cela suffisait-il? Pouvais-je vraiment croire que cette femme à l'élégance de mauvais goût, débitant des lieux communs à une telle cadence, était capable de préparer froidement, avec l'aide du *Cheval pâle,* la mort d'une jeune fille?

Non, cela m'était impossible.

Cependant, il me fallait jouer mon rôle.

— Il me semble, dis-je presque brutalement, avoir rencontré votre fille, votre belle-fille.

Elle me regarda un peu surprise, mais peu intéressée.

— Thomasina? Vraiment?

— Oui. A Chelsea.

— Oh! Chelsea! Oui, cela ne m'étonne pas. (Elle soupira.) Les jeunes filles d'aujourd'hui! On ne peut rien en faire. Cela chagrinait beaucoup son père. Je ne pouvais rien faire, bien sûr. *Jamais* elle ne m'écoutait. (Nouveau soupir.) A l'époque de notre mariage, elle était déjà grande, savez-vous. Une belle-mère...

Elle secoua la tête.

— C'est une situation toujours délicate, dis-je.

— J'ai fait des concessions, j'ai tout tenté.

— Je n'en doute pas.

— Mais en vain. Evidemment, Tom ne lui aurait pas permis de se montrer insolente avec moi, mais elle me rendait vraiment la vie intenable. En un sens, j'ai été soulagée quand elle a insisté pour quitter la maison, mais j'ai compris l'effet produit sur Tom. Elle s'est entourée de gens impossibles.

— J'ai... il m'a semblé, en effet...

— Pauvre Thomasina...

Mrs Tuckerton remit en place une boucle blonde, puis elle leva les yeux sur moi : « Oh! mais peut-être ne le savez-vous pas? Elle est morte, il y a un mois. Une encéphalite aiguë. C'est une maladie fréquente chez les êtres jeunes... je crois. C'est si triste. »

— Je savais qu'elle était morte, dis-je en me levant. Je vous remercie, madame, de m'avoir fait visiter votre maison.

Elle me tendit la main. Je fis quelques pas vers la sortie, puis me retournai :

— ... Au fait. Je crois que vous connaissez le *Cheval pâle*, n'est-ce pas?

Sa réaction ne laissa aucun doute. Ses yeux pâles se dilatèrent sous l'effet d'une peur intense. Sous le maquillage, son visage perdit toute couleur.

— Le *Cheval pâle*? répéta-t-elle d'une voix perçante. Que voulez-vous dire? Je ne connais aucun cheval pâle.

Je jouai l'étonnement.

— Oh! je ferais erreur? C'est une vieille auberge très intéressante... à Much Deeping. Je m'y trouvais, il y a quelques jours. Cela a été transformé de façon charmante. J'étais persuadé avoir entendu prononcer votre nom... peut-être votre belle-fille s'y est-elle rendue... ou quelqu'un portant le même nom que le vôtre. L'endroit jouit d'une... certaine réputation.

Ma sortie me satisfit énormément. Dans un des miroirs du hall, je vis le reflet de Mrs Tuckerton qui me regardait, les yeux agrandis. Elle était terrifiée et j'eus la vision de ce qu'elle serait dans quelques années... Ce n'était pas réjouissant.

CHAPITRE XIV

LE RECIT DE MARK EASTERBROOK

— Donc, à présent, nous sommes certains, dit Ginger.

— Nous l'étions déjà.

— Oui... Mais c'est une confirmation.

Je me représentais Mrs Tuckerton se rendant à Birmingham... rencontrant Bradley. La nervosité de la femme, la bonhomie rassurante de l'homme soulignant l'absence de risques à courir — il avait dû insister sur ce point avec Mrs Tuckerton. Je la voyais repartir, sans s'être compromise, laissant l'idée prendre racine. Peut-être avait-elle rendu visite à sa belle-fille, ou celle-ci était-elle venue passer le week-end chez elle. Il avait pu être question de mariage. Et, tout le temps, régnant en maîtresse, l'idée de l'ARGENT... pas une misérable somme, mais une fortune susceptible de tout offrir. Et cette merveille allant à cette fille dégénérée, dépourvue de bonnes manières, hantant les bars de Chelsea, dans une tenue indescriptible, en compagnie de voyous de son espèce... C'était injuste!

Puis une autre visite, à Birmingham... la discussion des accords. Bradley avait dû avoir du fil à retordre avec elle! Enfin, le contrat dûment signé, que s'était-il passé, ensuite?

Là, mon imagination ne m'était d'aucun secours. Je sortis de ma méditation pour voir Ginger qui m'étudiait.

— Alors, vous avez suivi la dame à Birmingham, et tout reconstruit?

— Oui, effectivement, mais que s'est-il passé *ensuite*?

— Tôt ou tard, il faudra apprendre ce qui se trafique au *Cheval pâle*.

— Comment?

— Je ne sais pas... ce ne sera pas facile. Personne de ceux qui y sont allés, qui s'en sont servi, ne parlera. Je me demande...

— Nous pourrions aller trouver la police?

— Oui. Après tout, nous disposons de quelque chose de bien défini, à présent. Suffisamment pour agir.

Je hochai la tête.

— Une preuve d'intention. Nous ne savons encore rien du procédé exact.

— Il nous faut l'apprendre. Mais comment?

— Il faudrait voir, ou entendre de ses propres yeux et oreilles. Mais il n'y a aucun endroit où se cacher dans cette espèce de grange où, je suppose que... l'opération a lieu.

Ginger se redressa, secoua la tête comme un jeune terrier.

— Il n'y a qu'un moyen! Soyez un véritable client.

Je la regardai, ébahi.

— Un véritable client?

— Oui. Vous ou moi, cela n'a pas d'importance, désirons nous débarrasser de quelqu'un. L'un de nous doit aller voir Bradley et s'entendre avec lui.

— Cela ne me plaît pas du tout, dis-je sèchement.

— Pourquoi?

— Parce que... cela présente de sérieux dangers.

— Pour nous?

— Peut-être. Mais je pensais... à la victime. Il nous en faut une... pour avoir un nom à donner. On ne peut pas l'inventer. Ils se renseignent certainement.

Ginger réfléchit, puis acquiesça.

— Oui. La victime doit exister et avoir une adresse.

— C'est ce que je n'aime pas.

— Et il nous faut une bonne raison pour nous en défaire.

— Il faudrait le consentement de la personne choisie, dis-je lentement. C'est beaucoup demander.

— Il ne faut rien négliger. Mais, comme vous le disiez l'autre jour, ils se trouvent dans une impasse. Cette affaire doit être tenue secrète... mais les clients doivent en connaître l'existence.

— Ce qui me stupéfie, c'est que la police ne paraît pas en avoir entendu parler.

— Et c'est justement ce qui me fait penser que c'est, dans le véritable sens du terme, une affaire d'amateurs. On n'y emploie aucun criminel professionnel. C'est essentiellement « privé ». Admettons, à présent, que vous ou moi tenions absolument à nous débarrasser de quelqu'un. Qui pourrions-nous choisir? Il y a bien mon cher vieil oncle Merwyn...

je récolterai un joli magot quand il passera l'arme à gauche. Il n'a pas d'autres héritiers que moi et un vague cousin, en Australie. Mais il a plus de soixante-dix ans et il est presque gâteux. Il semblerait donc plus intelligent de ma part d'attendre sa mort... à moins que j'aie un terrible besoin d'argent... et ce serait difficile à faire admettre. D'ailleurs, je l'aime beaucoup et, gâteux ou pas, la vie lui plaît et pour rien au monde je ne voudrais courir le risque de l'en priver d'une minute! Et, de votre côté? Avez-vous un parent quelconque disposé à vous laisser son argent?

Je secouai la tête.

— Pas un seul.

— Quelle scie! On pourrait vous faire chanter? Mais ce ne serait pas facile à mettre sur pied. Seriez-vous futur ministre que ce serait mieux. Quoi donc? Bigamie? Quel dommage que vous ne vous soyez jamais marié. Nous aurions pu monter un beau petit scénario.

Mon visage dut me trahir. La réaction de Ginger fut très vive.

— ... Je suis désolée, dit-elle. Ai-je rouvert une blessure?

— Non, répondis-je. Cela ne fait pas mal. Il y a trop longtemps. Je me demande si quelqu'un le sait encore aujourd'hui.

— Vous vous êtes marié?

— Oui. J'étais encore étudiant. Nous avons gardé cela secret. Elle n'était pas... enfin, ma famille n'aurait sûrement pas approuvé. Je n'étais même pas majeur. Nous avons menti au sujet de notre âge.

Je restai silencieux, quelques instants, retrouvant le passé.

— ... Cela n'aurait pas marché, dis-je lentement. Je

le sais, à présent. Elle était jolie et savait être charmante... mais...

— Que s'est-il passé?

— Nous étions en vacances, en Italie. Il y a eu un accident de voiture. Elle a été tuée.

— Et vous?

— Je n'étais pas dans la voiture. Elle se trouvait avec... un ami.

Ginger me lança un coup d'œil rapide. Elle comprenait, je le sentais, le choc éprouvé en découvrant que la jeune fille que j'avais épousée n'était pas de celles qui font les épouses fidèles.

Ginger revint aux questions pratiques.

— Vous vous étiez mariés en Angleterre?

— Oui. Au bureau d'enregistrement de Peterborough.

— Mais elle est morte en Italie? Son décès n'a pas été transcrit en Angleterre?

— Non.

— Que voulez-vous de plus? C'est une réponse à nos prières! Quoi de plus simple! Profondément amoureux, vous voulez vous marier, mais vous ignorez si votre femme vit toujours. Vous êtes séparés depuis des années et n'avez aucune nouvelle d'elle. Allez-vous passer outre? Vous êtes sur le point de le faire quand l'épouse reparaît brusquement. Elle refuse de vous accorder le divorce et menace d'aller tout raconter à votre chère et tendre.

— Qui est ma chère et tendre? Vous?

Ginger eut l'air choqué.

— Certainement pas. Je n'ai pas du tout le genre... Sans doute préférerais-je vivre dans le péché avec vous. Non, vous savez parfaitement de qui je veux parler. Elle fait exactement l'affaire, d'ailleurs. Cette brune marmoréenne avec laquelle on vous voit partout.

— Hermia Redcliffe.

— C'est ça votre régulière.

— Qui vous a parlé d'elle?

— Poppy, évidemment. Elle est riche aussi, n'est-ce pas?

— Fort à son aise. Mais vraiment...

— Ça va, ça va! Je n'insinue pas que vous l'épouserez pour son argent. Cela ne vous irait pas. Mais un sale esprit comme celui de Bradley trouverait cela fort bien... Examinons la situation. Vous vous disposez à poser la grande question à Hermia lorsque l'épouse indésirable fait son apparition, refuse de divorcer et veut se venger. Vous avez entendu parler du *Cheval pâle*. Je vous parie ce que vous voudrez que Thyrza et cette demeurée de Bella ont pris notre venue comme une manœuvre d'approche. C'est pourquoi Thyrza s'est montrée si loquace avec vous. Elle vous faisait l'article.

— Cela se peut, admis-je.

— Et votre visite à Bradley, tout aussitôt, n'a fait que confirmer le tout. Vous êtes ferré, mon cher!

— Mais ils vont faire une enquête serrée.

— Certainement.

— C'est fort bien d'inventer une femme surgie du passé, mais il leur faudra des détails, son adresse... Et si je me tiens à carreau...

— Ce sera inutile. Il vous faut une femme... vous en aurez une. Tenez-vous bien. *Je suis votre femme!*

*
* *

Je la regardai, stupéfait, l'œil rond. Je me demande comment elle ne me rit pas au nez.

Je reprenais à peine mes esprits qu'elle continuait.

— Inutile d'être aussi frappé. Ce n'est pas une proposition.

Je retrouvai l'usage de ma langue.

— Mais, vous ne savez pas ce que vous dites.

— Bien au contraire. Ce que je propose est parfaitement faisable... et cela a l'avantage de n'entraîner aucun innocent dans un danger possible.

— Vous vous mettez vous-même en danger.

— C'est mon affaire.

— Nullement. D'ailleurs, cela ne tiendrait pas le coup une minute.

— Oh! mais oui. J'y ai bien réfléchi. J'arrive dans un appartement meublé avec une ou deux valises garnies d'étiquettes étrangères. Je loue l'appartement au nom de Mrs Easterbrook... et qui ira prétendre que je ne le suis pas?

— Tous ceux qui vous connaissent.

— Ceux-ci ne me verront pas. Je prends un congé de maladie. Je me fais teindre les cheveux... au fait, votre femme était-elle blonde ou brune?

— Brune, répondis-je machinalement.

— Bon, cela m'aurait déplu de me faire décolorer... Une bonne dose de maquillage et mes meilleurs amis ne me reconnaîtront même pas. Et comme on ne vous a pas connu de femme depuis au moins quinze ans, personne ne pourra penser que ce n'est *pas* moi. Si vous êtes prêt à signer des papiers représentant une belle somme, qui ira douter que je suis l'objet intéressé? Vous n'avez aucun lien avec la police, vous êtes un véritable client. On peut vérifier l'authenticité de votre mariage, votre amitié avec Hermia... pourquoi se méfierait-on?

— Vous ne vous représentez pas les difficultés... le risque.

— Le risque! Je serais enthousiasmée à l'idée de

vous aider à faire dégorger quelques centaines de livres à ce requin de Bradley.

Je la regardai. Elle me plaisait beaucoup... ses cheveux rouges, ses taches de rousseur, son esprit aventureux. Mais je ne pouvais pas la laisser courir les risques qu'elle entendait prendre.

— Je ne puis accepter, Ginger. Et... si quelque chose arrivait.

— A moi?

— Oui.

— Cela ne me regarde-t-il pas?

— Non. C'est moi qui vous ai entraînée là-dedans.

— Peut-être. Mais cela n'a aucune importance. Nous sommes engagés tous les deux, à présent... et nous devons agir. Je suis sérieuse, Mark. Si nous ne nous trompons pas, toute cette affaire est ignoble. Il faut y mettre fin! Ce n'est pas de l'assassinat brutal par haine ou jalousie, ni même par cupidité, en prenant des risques. C'est une affaire commerciale ne tenant aucun compte de la personnalité de la victime... à condition, bien sûr, que tout ceci soit vrai.

— Ça l'est, dis-je. C'est pourquoi j'ai peur pour vous.

Les coudes sur la table, Ginger commença de discuter. Lentement, les aiguilles avançaient sur le cadran de la pendule.

— C'est comme ça, déclara finalement la jeune fille. Je suis prévenue et préparée. Je *sais* ce que l'on cherche à me faire. Et croyez-moi, si chacun « porte en soi le désir de mourir », le mien n'est pas développé! Je suis en parfaite santé. Et je ne peux pas croire que sur la simple volonté de Thyrza, ou parce que Sybil entre en transes, je vais attraper une méningite ou des calculs biliaires.

— Nous ne savons pas ce qui peut arriver!

— C'est pourquoi il nous faut le découvrir.

— Mais, écoutez-moi, implorai-je. Changeons de rôle. Je reste à Londres. Vous êtes la cliente. Nous pourrions inventer quelque chose...

Ginger secoua vigoureusement la tête.

— Non, Mark, dit-elle. Cela ne marcherait pas. Pour plusieurs raisons. La première et la plus importante c'est que l'on me sait, au *Cheval pâle*, parfaitement libre. Ils pourraient pomper Rhoda sur ma vie — et ne trouveraient rien. Vous êtes le client idéal, nerveux, curieux, incapable d'agir de vous-même. Non, il ne faut rien changer.

— Cela me déplaît. Vous savoir seule, dans un endroit inconnu, sous un faux nom... personne pour veiller sur vous. Avant de nous embarquer dans cette aventure, il nous faut aller trouver la police... avant de commencer quoi que ce soit.

— Je suis d'accord. C'est une bonne idée. Vous connaissez quelqu'un?

— Oui, l'inspecteur Lejeune.

CHAPITRE XV

LE RECIT DE MARK EASTERBROOK

L'inspecteur Lejeune me plut au premier coup d'œil. Il donnait une impression de tranquille habileté. Il avait, me parut-il, une certaine imagination et accepterait sans doute de considérer les choses d'une façon peu orthodoxe.

— Le docteur Corrigan m'a raconté votre entrevue, me dit-il. Cette affaire l'a beaucoup intéressé, dés le début. Vous avez, dites-vous, des renseignements particuliers à nous donner?

Je lui parlai de la mention du *Cheval pâle* faite au *Fantaisie*, puis de ma visite à Rhoda et ma présentation aux *Trois Parques*. Je relatai aussi fidèlement que possible ma conversation avec Thyrza Grey.

— Et ce qu'elle vous a dit vous a impressionné?

Cette question m'embarrassa.

— Pas exactement. Je n'ai pu prendre cela au sérieux..

— Il me semble pourtant que c'est ce que vous avez fait.

— Vous avez sans doute raison. Il est difficile d'admettre sa crédulité.

Lejeune sourit.

— Vous avez omis un détail. Votre intérêt était déjà éveillé à votre arrivée à Much Deeping... Pourquoi?

— A cause, je crois, de l'air effrayé de cette petite.

— La jeune fleuriste?

— Oui. Elle avait mentionné le *Cheval pâle* de façon si indifférente... sa peur ne m'en a paru que plus significative. Et Corrigan m'a montré la liste de noms. Je connaissais deux d'entre eux. Deux morts. Le troisième me semblait familier. Plus tard, j'ai appris que sa propriétaire était morte, elle aussi.

— Mrs Delafontaine?

— Oui.

« J'ai décidé d'en avoir le cœur net, sur cette histoire.

— Comment vous y êtes-vous pris?

Je lui racontai ma visite à Mrs Tuckerton et, enfin, je lui parlai de Bradley.

J'avais gagné son intérêt total. Il répéta le nom.

— Bradley... Il est donc mêlé à cela?

— Vous le connaissez?

— Oh! oui. Il nous a donné assez de mal. Il joue serré et s'arrange pour ne jamais se faire pincer. Il pourrait écrire un volume sur *Les mille et une façons de transgresser la loi.* Mais le meurtre... le meurtre organisé, je ne l'en aurais pas cru capable...

— Maintenant que je vous ai répété notre conversation, pouvez-vous intervenir?

— Non. Tout d'abord parce que vous avez parlé sans témoin. Il pourrait tout nier. D'autre part, il a parfaitement raison en disant que l'on peut parier sur ce que l'on veut. Rien de criminel à parier que quelqu'un ne mourra pas. A moins de prouver sa participation au meurtre qui nous occupe...

Il haussa les épaules, observa quelques minutes de silence :

— ... Quelle impression vous a fait Venables, à Much Deeping?

— Très profonde. Il a une énorme personnalité. Sa paralysie semble avoir augmenté son désir de vivre et de profiter de la vie.

— Dites-moi de lui tout ce que vous savez.

Je lui décrivis sa maison, ses collections, ses passions.

— Quel dommage! dit Lejeune.

— Quoi donc?

— Que Venables soit un invalide.

— En êtes-vous certain? Ne pourrait-il... simuler une paralysie?

— Nous en sommes sûrs, autant qu'on peut l'être. Son médecin, sir Williams Dugdale, est au-dessus de tout soupçon. Il nous a assurés de l'atrophie des membres. Notre petit Mr Osborne peut jurer avoir vu Venables Barton Street. Il s'est trompé. Si je dis que c'est dommage, c'est parce que Venables aurait été tout indiqué pour mettre au point une affaire de meurtre organisée comme celle-ci.

— Oui. C'est à quoi j'ai pensé.

— Récapitulons, dit brusquement Lejeune. Il semble à peu près certain qu'il existe une sorte d'agence spécialisée dans la suppression de gens gênants pour d'autres. Cette agence n'emploie aucun bandit à gages... Les décès ont toujours des causes apparemment naturelles. Mais ils profitent à quelqu'un... C'est astucieux, bougrement astucieux. Celui qui a conçu cela, en a réglé les détails, a un cerveau de taille. Nous ne connaissons que quelques noms. Dieu sait combien de gens ont déjà disparu... quelle est l'ampleur de cette organisation... Cette Thyrza Grey s'est vantée, dites-vous, de son pouvoir! Elle peut le faire impunément. Accusez-la de meurtre, faites-la passer aux assises, laissez-la proclamer à la face du ciel et du jury qu'elle a délivré un tas de gens des maux de ce monde, par la seule force de sa volonté, ou de ses incantations, elle ne sera pas reconnue coupable aux yeux de la loi. Jamais elle ne s'est approchée des victimes, elle n'a envoyé aucun chocolat empoisonné par la poste. La seule arme : la télépathie! On nous rirait au nez!

— Nous avons une chance d'en savoir davantage, dis-je vivement. Nous avons préparé un plan, une de mes amies et moi. Vous trouverez cela stupide...

— J'en jugerai.

— Vous admettez qu'il existe un organisme qui obtient des résultats par des moyens qui paraissent inadmissibles à un esprit équilibré? Une seule façon d'en avoir le fin mot : remonter à la source et voir.

Lejeune me regardait avec attention.

— ... Nous avons tout prévu.

Je lui exposai le plan élaboré avec Ginger.

Il m'écouta attentivement, fronçant le sourcil et tirant sur sa lèvre inférieure.

— Je vous comprends. Vous entendez profiter des circonstances. Mais je ne sais si vous vous rendez compte du danger couru. Vous aurez affaire à des gens sans vergogne. Ce peut être dangereux pour vous... et ce le sera certainement pour votre amie.

— Je sais. Nous en avons discuté cent fois. Ce qu'elle se propose de faire me déplaît infiniment. Mais elle est absolument décidée et rien ne l'arrêtera!

— Elle est rousse, m'avez-vous dit? demanda tout à fait inopinément Lejeune.

— Oui, répondis-je, surpris.

— Inutile de chercher à discuter avec elle, alors. J'en sais quelque chose!

CHAPITRE XVI

LE RECIT DE MARK EASTERBROOK

Lors de ma seconde visite à Bradley, je ne ressentais aucune nervosité. Cette perspective me plaisait, au contraire.

« Mettez-vous bien dans la peau du personnage », m'avait recommandé Ginger et je m'efforçais de suivre son conseil.

Mr Bradley me reçut avec un sourire accueillant.

— Très heureux de vous voir, dit-il en me tendant une main grasse. Alors, vous avez réfléchi à votre petit problème? Je vous l'avais dit : « Prenez votre temps! »

— C'est justement ce que je ne puis faire. C'est.... eh bien... c'est devenu urgent...

Bradley m'observait, notant mon apparente nervosité, mon regard fuyant, ma maladresse à disposer de mon chapeau.

— Voyons un peu ce que nous pouvons faire. Vous désirez prendre un petit pari, n'est-ce pas? Rien de mieux qu'une petite excitation sportive pour chasser... ses soucis.

Je lui laissai le soin de présenter sa marchandise. Il s'y employa :

— ... Vous êtes un peu nerveux. Prudent. J'aime cela. Ne jamais rien dire que votre mère ne saurait entendre! Peut-être craignez-vous qu'il y ait un mouchard... un microphone, dans mon bureau. Je vous donne ma parole d'honneur qu'il n'en est rien. Notre conversation ne sera enregistrée d'aucune façon. Mais, si vous ne me croyez pas, libre à vous de me citer un endroit de votre choix, un restaurant, une salle d'attente de gare.

Je l'assurai de ma confiance.

— ... Très avisé! Ni vous, ni moi n'avons intérêt à nous mettre dans une situation délicate... du point du vue légal. Voyons un peu. Quelque chose vous tracasse. Vous me trouvez sympathique et vous éprouvez le besoin de vous confier à moi. J'ai beaucoup d'expérience et je saurai vous donner un conseil. Un ennui partagé est plus léger à supporter. N'est-ce pas votre avis?

Ce l'était et je lui contai mon histoire avec une certaine hésitation.

Mr Bradley était fort habile. Il me venait en aide, offrait le mot juste, aplanissait une phrase difficile. Il avait un tel talent que je n'éprouvai plus aucune peine à lui dire mon amour de jeunesse pour Doreen et notre mariage secret.

— C'est si fréquent! soupira Bradley en hochant la tête. Un jeune homme nourri d'idéal, une délicieuse jeune fille. Et vous voilà époux pour le reste de votre vie... Qu'en est-il advenu?

Là, j'évitai les détails. Je lui brossai seulement un tableau de la désillusion du jeune fou se rendant compte de son erreur.

Je lui laissai croire que nous nous étions séparés sur une querelle. Tant mieux si Bradley en conclut que ma femme s'était enfuie avec un autre homme.

— ... Mais, dis-je avec vivacité, bien que n'étant pas exactement telle que je l'avais crue, elle était vraiment charmante. Jamais je ne me serais imaginé qu'elle... enfin qu'elle agirait de cette façon.

— Que vous a-t-elle fait exactement?

Ce qu'elle avait fait? Elle était revenue!

— ... Que pensiez-vous qu'elle était devenue?

— Je... cela paraît incroyable... mais je ne pensais à rien. J'étais inconsciemment persuadé de sa mort.

Bradley hocha la tête.

— Une idée correspondant à vos désirs. Pourquoi *serait*-elle morte?

— Elle ne m'a jamais donné aucun signe de vie.

— En fait, vous vouliez l'oublier complètement?

— Oui, admis-je. Et je ne voulais pas me remarier.

— Et, maintenant, vous avez changé d'avis?

— Eh bien...

— Allons, dites tout au papa Bradley, insista l'odieux personnage.

J'avouai avoir envisagé cette possibilité, dernièrement. Mais, obstinément, je me refusai à lui donner aucun détail concernant la jeune fille de mon choix.

Il n'insista pas.

— Quoi de plus naturel, cher monsieur? Vous avez oublié votre triste expérience de jeunesse, trouvé enfin la compagne idéale, capable de partager vos goûts littéraires et d'apprécier votre façon de vivre.

Il connaissait Hermia! A la réception de ma lettre lui demandant rendez-vous, Bradley avait fait une enquête, appris que je n'avais qu'une amie proche.

— Et un divorce? dit-il. N'est-ce pas la solution la plus simple.

— Pas question. Elle... ma femme, ne veut pas en entendre parler.

— Oh! là, là! Quelles sont ses intentions à votre égard? Si je puis me permettre cette question?

— Elle... elle veut reprendre la vie commune. Elle se montre très déraisonnable... elle sait qu'il y a quelqu'un et... et...

— Quelle vilaine attitude... il me semble pas y avoir beaucoup de solutions... à moins que... bien sûr... mais elle est jeune encore...

— Elle vivra encore des années, dis-je, amer.

— Oh! on ne sait jamais, cher monsieur. Elle habitait à l'étranger, m'avez-vous dit?

— A ce qu'il paraît. Je ne sais pas où.

— En Orient, peut-être. Il arrive que l'on attrape un microbe, dans ces contrées... il ne se manifeste pas et, brusquement, le retour au pays, un changement de climat, et il fait des siennes. J'ai connu deux ou trois exemples. Cela peut se produire dans le cas qui nous occupe. Si cela peut vous rassurer, je suis prêt à parier une petite somme là-dessus.

Je secouai la tête.

— Elle vivra cent ans!

— Votre position semble plus sûre que la mienne, mais j'en cours le risque. Quinze cents contre un que la dame mourra avant Noël. Qu'en dites-vous?

— Beaucoup plus tôt! Je ne puis attendre. Il y a...

Je jouai l'incohérence. Crut-il que mes relations avec Hermia en étaient arrivées à un point qu'il ne fallait plus perdre une minute... que ma « femme » avait menacé de faire un scandale; que j'avais un rival auprès d'Hermia? Peu m'importait.

— Cela modifie un peu la mise, dit-il. Disons donc à mille huit cents contre un que votre femme aura pris le départ d'ici un mois. J'en ai le pressentiment.

« Le moment était venu, pensai-je, de marchander. » Je ne disposais pas d'une pareille somme et le lui dis. Mais Bradley s'était renseigné et connaissait mes disponibilités, en cas d'urgence. Il savait aussi que Hermia avait de l'argent et me laissa entendre — avec délicatesse — qu'une fois marié, je ne regretterais pas mon pari. D'autre part, ma hâte l'avait placé dans une situation privilégiée. Il n'entendait pas céder.

Je signai donc une sorte de contrat rédigé en style notarial incompréhensible au commun des mortels.

— Ce document me lie-t-il, du point de vue légal? demandai-je.

— Je ne crois pas, répondit Bradley en m'exhibant ses dents éblouissantes, qu'on doive en faire état. Un pari reste un pari. Si l'on n'observe pas la parole donnée... Nous n'aimons pas les tricheurs. Mais je suis persuadé que l'idée ne vous en viendrait pas, cher monsieur. A présent, parlons un peu des détails. Mrs Easterbrook se trouve, dites-vous, à Londres? Où exactement?

— Est-il nécessaire que vous le sachiez?

— Absolument. Il faut aussi prendre rendez-vous avec Miss Grey... vous vous souvenez d'elle?

Si je m'en souvenais!

— ... Une femme étonnante. Très douée. Elle voudra avoir un objet ayant appartenu à votre femme... un gant... un mouchoir.

— Mais pourquoi donc?

— Ne me le demandez pas. Je n'en ai pas la moindre idée. Miss Grey garde ses secrets.

— Mais que se passera-t-il? Que fera-t-elle?

— Croyez-moi, je l'ignore. Je ne sais rien et *je ne veux rien savoir!*

Il marqua un temps d'arrêt et reprit sur un ton paternel.

— ... Voici ce que je vous conseille de faire. Rendez visite à votre femme. Amadouez-la, laissez-lui croire que vous envisagez une réconciliation. Faites-lui entendre que vous devez vous rendre à l'étranger pour quelques semaines, mais qu'à votre retour... Vous vous emparez discrètement d'un objet fréquemment porté par votre femme et vous vous rendez à Much Deeping... Voyons... vous m'avez dit avoir des amis ou des parents dans le voisinage?

— Une cousine.

— Voilà qui simplifie la question. Elle vous recevra sans nul doute un jour ou deux.

— Que fait-on d'habitude? On descend à l'auberge du village?

— Il me semble. Ou on se rend à Bournemouth... je ne sais pas au juste. Vous dites à votre cousine vouloir participer à une des séances du *Cheval pâle*. Cela n'étonnera personne. Tout le monde proclame que le spiritisme est de la folie et chacun s'y intéresse. Ce sera tout, cher monsieur, comme vous le voyez, c'est simple...

— Et... et ensuite?

Il hocha la tête en souriant.

— Je n'en sais pas davantage. Miss Grey se charge du reste. N'oubliez pas le gant, ou le mouchoir. Après coup, je vous conseille un petit voyage. La Riviera italienne est fort agréable à cette époque de l'année.

J'entendais rester en Angleterre et le lui dis.

— Bon, bon, mais *surtout pas* à Londres!
— Pourquoi cela?
Bradley me lança un regard de reproche.
— Nous garantissons à nos clients une... totale sécurité s'ils obéissent aux ordres.
— Et Bournemouth? Cela irait-il?
— Oui, cela conviendrait. Descendez à l'hôtel, faites-vous quelques relations, montrez-vous avec elles. Vous pouvez toujours aller à Torquay si vous en avez assez de Bournemouth.
Il parlait avec l'affabilité d'un employé d'agence de voyages.
Une fois encore il me fallut serrer sa main grasse.

CHAPITRE XVII

LE RECIT DE MARK EASTERBROOK

— Tu veux vraiment assister à une séance chez Thyrza? me demanda Rhoda.
— Pourquoi pas?
— Je n'aurais jamais cru que tu t'intéresserais à ce genre de chose.
— Je suis surtout curieux de voir le spectacle que peuvent offrir ces trois femmes.
J'étais un peu mal à l'aise, conscient du regard inquisiteur de Hugh Despard. Il était avisé, avait eu une vie aventureuse et, j'en étais sûr, il sentait que la simple curiosité n'était pas seule en jeu.
— Je t'accompagnerai, décida Rhoda.
— Tu n'en feras rien! grogna son mari.
— Mais, je ne crois pas aux esprits, tu le sais bien. Je voudrais simplement m'amuser!

— Il n'y a rien de drôle dans ce genre de manifestation. Cela produit toujours un mauvais effet sur les gens qui y assistent par simple curiosité.

— Alors, dissuade Mark d'y aller!

— Je ne suis pas responsable de lui.

Mais il me lança de nouveau un bref coup d'œil qui en disait long. Il savait, j'en étais sûr, que j'étais guidé par un motif sérieux.

Rhoda, déçue, céda cependant.

Nous rencontrâmes Thyrza Grey dans le village, un peu plus tard, et elle alla droit au but.

— Mr Easterbrook, nous vous attendrons, ce soir. J'espère que vous ne serez pas désappointé. Sybil est un merveilleux médium, mais on ne sait jamais... Un observateur honnête est toujours le bienvenu. Mais une personne frivole, railleuse, ne peut que nuire. Voulez-vous venir et prendre un repas léger avec nous? Nous ne mangeons jamais beaucoup avant une séance. Sept heures? Bien, nous vous attendrons.

Elle hocha la tête, sourit et s'éloigna à grands pas. Je la regardai disparaître à tel point plongé dans mes réflexions que je n'entendis pas ce que me disait Rhoda.

— Tu es vraiment bizarre! Que se passe-t-il?

— Rien, pourquoi?

— Tu dois être amoureux. Cela rend les hommes idiots. Mais tu as raison et je suis ravie. Elle est charmante.

— Qui cela?

— Hermia Redcliffe, bien sûr! Crois-tu que je ne me suis rendu compte de rien? Elle te convient parfaitement... jolie... intelligente...

Puis, Rhoda ayant à parler au boucher, me tourna le dos. J'en profitai pour lui annoncer que je me rendais au presbytère.

— Mais pas pour faire publier les bans! ajoutai-je, la dispensant de ses commentaires.

*
* *

J'eus l'impression d'arriver chez moi.

La porte était grande ouverte et, en la franchissant, il me sembla me libérer d'un poids terrible.

Mrs Dane Calthrop parut au fond du couloir, un énorme seau en matière plastique verte à la main.

— Bonjour, c'est vous? dit-elle. Je m'en doutais.

Elle me tendit le seau dont je ne sus que faire.

— ... Devant la porte, sur la marche, dit Mrs Dane Calthrop comme impatientée par mon ignorance.

J'obéis. Puis je la suivis dans la pièce où elle m'avait reçu, la première fois. Mon hôtesse ajouta une bûche au feu défaillant et me fit signe de m'asseoir.

— Alors? me demanda-t-elle. Qu'avez-vous fait?

Je lui racontai tout.

— C'est pour ce soir? dit-elle, pensive.

— Oui.

Elle réfléchit. Incapable de me contenir, je m'écriai :

— Je n'aime pas cela! Oh! mon Dieu, que cela me déplaît!

— Qu'est-ce que cela a de déplaisant?

— Je suis tellement inquiet pour elle. Vous ne savez pas à quel point elle... elle est brave. Si, d'une façon ou d'une autre, ils s'arrangent pour lui faire du mal...

— Je ne vois vraiment pas *comment* ils pourraient lui faire du mal? remarqua Mrs Dane Calthrop lentement.

— Mais ils l'ont fait... à d'autres. Nous avons pris

toutes les précautions imaginables... Mais c'est elle qui court le risque.

— Il faut bien que quelqu'un le fasse. Qu'il ne s'agisse pas de blesser votre orgueil. Ginger est idéale pour le rôle choisi. Elle peut contrôler ses nerfs et elle est intelligente. Elle ne vous laissera pas tomber.

— Ce n'est pas ça qui me tracasse!

— Cessez donc de vous tracasser un bon coup. Cela ne lui fait aucun bien. Si elle meurt des suites de cette expérience, elle sera au moins morte pour une bonne cause.

— Vous êtes plutôt brutale!

— Il faut l'être. Il faut toujours envisager le pire. Cela calme les nerfs.

— Vous avez le téléphone, ici?

— Bien sûr.

— Après... à la fin de cette séance, ce soir, je voudrais rester en contact avec Ginger, lui téléphoner chaque jour. Pourrais-je lui téléphoner d'ici?

— Naturellement. Il y a beaucoup trop d'allées et venues chez Rhoda.

— Je resterai chez elle, un peu. Ensuite, j'irai peut-être à Bournemouth. Je ne suis pas censé retourner à Londres.

— Inutile de penser au lendemain. Songeons à cette nuit.

— Cette nuit...

Je me levai :

— Priez pour moi... pour nous, demandai-je, à ma propre surprise.

— Cette question! Evidemment.

*
**

Je fus reçu au *Cheval pâle* de la façon la plus

conventionnelle. Thyrza Grey, vêtue d'une robe de lainage noir, très simple, m'ouvrit la porte.

— Ah! vous voici, c'est bien, me dit-elle. Nous allons pouvoir dîner...

Cela n'aurait pu être plus ordinaire, moins mystérieux.

La table était dressée au fond du hall. Bella, habillée de noir, nous servit un repas des plus simples. Sybil, elle, avait passé une robe bariolée, soutachée d'or. Elle ne portait pas ses multiples colliers mais deux lourds bracelets. Elle mangea à peine, parla très peu, affectant une expression détachée des biens de ce monde qui se voulait impressionnante et qui n'était que théâtrale.

Thyrza Grey tint le dé de la conversation, nous gratifiant de tous les potins locaux : la vieille fille anglaise type.

« Je suis fou, me dis-je, totalement fou. Qu'y a-t-il à craindre, ici? Où notre imagination nous avait-elle entraînés? Ginger, avec ses cheveux teints et son nom d'emprunt mise en danger par l'une de ces trois femmes si communes? C'était grotesque!

— Pas de café! dit Thyrza d'un ton d'excuse, à la fin du dîner. Les excitants ne sont pas recommandés, ce soir. (Elle se leva.) Sybil?

— Oui, répondit celle-ci avec une expression qu'elle jugeait sans doute extatique. Je dois me *préparer*!

Bella entreprit de desservir. J'allai me planter devant la vieille enseigne. Thyrza me suivit.

— Vous ne pouvez rien voir avec cette lumière, me dit-elle.

C'était exact. Le hall faiblement éclairé permettait à peine de distinguer les contours flous d'un cheval.

— Cette jeune fille aux cheveux roux... quel est son nom... Ginger quelque chose... qui est venue avec vous... m'a dit qu'elle pourrait le nettoyer. Elle a dû oublier, d'ailleurs.

Cela me fit un drôle d'effet d'entendre parler de Ginger d'un ton aussi léger.

— ... Ce n'est pas une bonne peinture, continua Thyrza. Une croûte, en fait. Mais elle fait partie du décor... et elle a certainement plus de trois cents ans.

— C'est prêt!

Nous nous retournâmes vivement.

Bella, émergée de l'obscurité, nous appelait.

— Il est temps de passer aux choses sérieuses, déclara Thyrza d'un ton toujours aussi léger.

Je la suivis jusque dans l'ancienne grange.

De jour, c'était une agréable bibliothèque. Elle changeait d'aspect avec la nuit. Un éclairage indirect répandait une lumière faible mais froide. Au centre de la pièce, on avait dressé une sorte de divan recouvert d'une étoffe rouge brodée de signes cabalistiques, tout au fond, un petit brasero, avoisinait un vaste chaudron de cuivre.

A l'opposé, presque contre le mur, un lourd fauteuil de chêne. Thyrza me le désigna.

— Asseyez-vous là!

J'obéis. Les façons de Thyrza avaient changé, sans qu'il me soit possible de définir en quoi. Elle avait, semblait-il, dépouillé le rideau de la vie journalière, révélant sa vraie personnalité... comme un chirurgien à l'instant d'une grave opération. Cette impression s'accrût lorqu'elle enfila une longue blouse qui semblait tissée de fils métalliques et des gants de filet, comme ces filets à l'épreuve des balles.

— Il faut prendre ses précautions, dit-elle.

Puis elle changea de ton et prononça d'une voix grave, emphatique :

— J'attire votre attention, Mr Easterbrook, sur

l'absolue nécessité de rester immobile où vous vous trouvez. Sous aucun prétexte il ne vous faut bouger de ce siège. Ce pourrait être néfaste. Ce n'est pas un jeu d'enfant. J'entre en lutte avec des forces dangereuses pour des non-initiés... Avez-vous apporté ce que l'on vous a demandé?

Sans un mot, je tirai de ma poche un gant de peau brune et le lui tendis.

Elle le prit et le porta sous une lampe à col de cygne dont elle tourna le commutateur. Elle tint le gant quelques instants sous les rayons lumineux qui lui conférèrent une teinte blafarde. Puis elle éteignit et hocha la tête, satisfaite.

— Très bien, dit-elle. Les émanations physiques de sa propriétaire sont très fortes.

Elle lc posa alors sur le haut d'un meuble rappelant un appareil de radio et éleva un peu la voix :

— Bella, Sybil, nous sommes prêts.

Sybil arriva la première. Sur sa robe bariolée, elle avait passé un long manteau noir. Elle le retira d'un geste dramatique et s'avança.

— J'espère que tout se passera bien, dit-elle. On ne sait jamais. Ne soyez pas sceptique, s'il vous plaît, cela gêne, monsieur.

— Mr Easterbrook n'est pas venu ici pour s'amuser, répliqua Thyrza d'un ton un peu sec.

Sybil s'allongea sur le divan. Thyrza se pencha sur elle, arrangea ses draperies.

— Vous êtes bien, ainsi? demanda-t-elle avec sollicitude.

— Oui, merci, ma chère.

Thyrza éteignit quelques lampes. Puis elle approcha une sorte de paravent qu'elle installa de façon à laisser Sybil dans une zone d'ombre.

— La lumière est nuisible à l'état de transe, me dit-elle.

— ... A présent, nous sommes prêtes, Bella.

Celle-ci sortit de l'ombre. Les deux femmes s'approchèrent de moi. De sa main droite, Thyrza prit mon poignet gauche et, de sa gauche, la droite de Bella, dont la gauche saisit ma droite. La paume de Thyrza était dure et sèche — celle de Bella froide et molle. J'eus l'impression de tenir une limace et tressaillis de dégoût.

Thyrza avait dû manœuvrer quelque commutateur car les faibles accords de la *Marche funèbre* de Mendelssohn descendirent de la voûte.

« Mise en scène », me dis-je, d'assez mauvaise humeur. Je conservais mon esprit critique mais j'éprouvais, bien malgré moi, une certaine appréhension.

La musique se tut et l'on n'entendit plus que le bruit des respirations : celle de Bella un peu haletante, celle de Sybil, profonde et régulière. Et, soudain, Sybil parla. Ce n'était plus sa voix, mais celle d'un homme, grave et marquée d'un accent étranger.

— Me voici!

On me lâcha les mains. Bella disparut dans l'ombre.

— Bonsoir, dit Thyrza. Est-ce Macandal?

— Je suis Macandal.

Thyrza s'approcha du divan, retira le paravent. La lumière tamisée tomba sur le visage de Sybil. Elle semblait dormir profondément. Ses traits adoucis n'étaient plus les mêmes. Elle paraissait beaucoup plus jeune, presque belle.

— Es-tu prêt, Macandal, à m'obéir? demanda Thyrza.

— Je le suis, répondit la voix grave.

— T'engages-tu à protéger de tout dommage physique le corps qui repose ici et que tu habites à l'instant? Veux-tu employer ta force à mes desseins et faire en sorte de les mener à bien?

— Je le veux.

— Veux-tu employer ce corps comme transmetteur de mort?

— La mort ira causer la mort.

Thyrza fit un pas en arrière. Bella s'approcha, tendant un objet que je crus être un crucifix. Thyrza le coucha sur la poitrine de Sybil et prit des mains de Bella une petite fiole verte. Elle en tira quelques gouttes avec lesquelles elle traça une croix sur le front du médium.

— De l'eau bénite de l'église catholique de Garsington, me dit-elle.

Elle avait parlé d'une façon absolument naturelle et cela, loin de rompre le charme, rendit toute cette mascarade encore plus alarmante.

Enfin, à trois reprises, elle agita l'horrible jouet que l'on nous avait montré précédemment, et l'introduisit entre les doigts de Sybil.

Elle se recula.

— Tout est prêt, déclara-t-elle.

Bella répéta la même phrase et sortit de la pièce. Elle revint peu après, tenant par les pattes un coq blanc qui se débattait.

Elle s'accroupit et, avec un morceau de craie, entreprit de tracer des signes sur le sol autour du brasero et du chaudron. Puis elle posa le coq au centre d'un cercle et l'animal cessa de bouger. Tout en dessinant, elle chantonnait d'une voix basse et gutturale, et se balançait entre deux génuflexions, pour atteindre, me sembla-t-il, à une sorte d'étourdissement extatique.

Thyrza, qui m'étudiait, comprit le dégoût que je ressentais à ce spectacle répugnant.

— Cela ne vous plaît pas beaucoup? C'est ancien,

savez-vous, très ancien. Un sortilège de mort, transmis de mère en fille.

L'attitude de Thyrza me surprenait beaucoup. Elle ne faisait rien pour ajouter à l'effet produit sur mes nerfs par la démonstration assez hideuse de sa servante. Elle semblait se satisfaire parfaitement du rôle de commentatrice.

Bella étendit les mains vers le brasero et une haute flamme jaillit. Elle y jeta quelque chose qui produisit aussitôt un parfum écœurant.

— Nous sommes prêts, dit encore une fois Thyrza qui se dirigea vers ce que j'avais pris pour un appareil de radio. (Elle l'ouvrit, révélant une installation électrique d'aspect compliqué et le poussa avec précaution vers le divan. Elle se pencha, ajusta des manettes, se parlant à elle-même : Aiguille nord-nord-est... degrés... c'est à peu près cela.

Elle prit le gant et le disposa avec soin sous le faisceau d'une petite lumière violette.

Puis elle s'adressa à la forme inerte, sur le divan :

— Sybil, Diana, Helen, vous êtes libérée de votre enveloppe charnelle gardée par l'esprit Macandal. Vous pouvez ne faire qu'un avec la propriétaire de ce gant. Comme tous les êtres humains, elle n'aspire qu'à la mort. La mort qui résout tous les problèmes, qui seule accorde la paix. La mort, la mort...

Les mots résonnaient, revenaient en écho, se répétaient. La machine vrombissait à présent, les lampes brillaient... j'étais étourdi, emporté. Il se passait, je le sentais, quelque chose dont je ne pouvais me moquer. Thyrza, son pouvoir libéré, tenait à sa merci la créature allongée sur le divan. Elle se servait d'elle dans un but bien défini. Je comprenais l'effroi de Mrs Oliver devant la stupidité apparente de Sybil : celle-ci pouvait, à volonté, libérer son esprit de son corps et Thyrza s'en emparait!

Oui, mais la boîte? Que venait-elle faire ici?

Brusquement, toutes mes craintes se reportèrent sur elle. De quel infernal secret était-elle l'agent? Produisait-elle des rayons capables d'agir sur un cerveau?

— ... L'endroit faible... (Thyrza parlait toujours...) Il existe toujours un endroit faible... tout au fond des chairs... la force vient de la faiblesse... la force et la paix, et la mort... Vers la mort... lentement, naturellement... vers la mort... la véritable issue. Le corps obéit au cerveau... ordonne... ordonne... vers la mort... la mort conquérante... la mort vite... très vite. La MORT!

Elle avait élevé la voix peu à peu, et terminé sur un cri auquel s'était joint un hurlement bestial de Bella. Une lame de couteau brilla... le coq émit un affreux gargouillis... du sang coula dans la bassine de cuivre...

Bella accourut, hurlante, la bassine dans les mains.

— Le sang!... Le sang! LE SANG!

Thyrza retira le gant de la machine, le tendit à Bella qui le plongea dans le sang et le rendit à Thyrza qui le replaça dans la machine.

Bella tournait en rond autour du brasero, criant du haut de sa voix son invocation sanglante. Puis elle s'écroula, secouée de contorsions. Le feu s'éteignit.

J'étais horriblement mal. Les mains crispées sur les bras du fauteuil, je ne voyais plus.

Puis j'entendis un déclic et le bourdonnement de la machine cessa.

— La vieille magie et la nouvelle, dit Thyrza d'un ton parfaitement calme. La vieille superstition et les nouvelles découvertes de la science. Ensemble, elles vaincront...

CHAPITRE XVIII

LE RECIT DE MARK EASTERBROOK

— Alors, à quoi cela ressemblait-il? me demanda Rhoda, au petit déjeuner.

— Oh! les trucs habituels, dis-je avec nonchalance.

Je sentais le regard de Despard peser sur moi.

— Des dessins tracés sur le sol?

— Des tas.

— Un coq blanc?

— Bien sûr. C'était le rayon de Bella.

— Elles sont entrées en transes?

— Oui.

— Tu parais avoir trouvé ça plutôt ennuyeux, dit Rhoda, déçue.

— Tout cela, c'est bonnet blanc et blanc bonnet. Mais j'ai satisfait ma curiosité.

— Vous avez été un peu secoué, me dit Despard lorsque Rhoda fut dans la cuisine.

— C'est-à-dire...

J'aurais voulu prendre le tout sur un ton léger mais Despard n'était pas homme à s'en laisser conter.

— ... Cela a été... assez bestial, dis-je lentement.

— Oui. Un esprit posé ne croit pas en ces choses et, cependant, elles affectent. J'en ai vu pas mal en Afrique. Les sorciers ont un énorme pouvoir sur le peuple et l'on doit admettre qu'il se produit des choses étranges, inexplicables de façon rationnelle.

— Des morts?

— Oui. L'homme qui se sait désigné meurt... Cela n'agit pas, paraît-il, sur les Européens. Mais si vous êtes nourri de cette croyance depuis des générations... vous n'y coupez pas!

— Même chez nous, nous avons des cas stupéfiants. J'ai vu, dans un hôpital londonien, une jeune fille qui se plaignait de terribles douleurs dans le bras que rien ne semblait justifier. Une hystérique, vraisemblablement. Le médecin lui annonça qu'il pourrait sans doute la guérir en lui appliquant un fer rouge sur le bras. Elle accepta le traitement, ferma les yeux, détourna la tête et poussa un cri d'agonie lorsque le médecin lui posa sur le bras... une baguette de verre plongée dans l'eau froide! « Vous allez vous sentir bien, à présent », dit le médecin. « Sans doute, répondit la malade, mais cela a été affreux! » Eh bien, son bras était boursouflé, brûlé à l'endroit touché par la baguette.

— A-t-elle guéri? demanda Despard, intéressé.

— Mais oui... il a simplement fallu soigner sa brûlure! Le médecin a été lui-même stupéfait.

— Je m'en doute. Pourquoi étiez-vous si empressé d'assister à cette séance, hier soir?

Je haussai les épaules.

— Ces femmes m'intriguaient. Je voulais me rendre compte de quoi elles étaient capables.

Despard n'insista pas, mais je ne pense pas qu'il me crut.

Je partis pour le presbytère. La porte en était ouverte mais la maison semblait vide. J'entrai dans la petite pièce où se trouvait le téléphone et appelai Ginger.

Elle mit, à ce qu'il me sembla, une éternité à me répondre.

— Allô!

— Ginger!

— Oh! c'est *vous*. Que s'est-il passé?

— Etes-vous bien?

— Evidemment! Pourquoi ne le serais-je pas?

Un immense soulagement m'envahit. Comment avais-je pu croire, un instant, qu'une série de pitreries auraient pu blesser un être aussi équilibré que Ginger?

— Je... j'ai pensé que vous auriez pu avoir des cauchemars, dis-je assez lamentablement.

— Eh bien, non. Je m'attendais à en avoir, mais je me suis simplement éveillée, à plusieurs reprises, en me demandant si je ressentais quelque chose d'extraordinaire. Je suis d'ailleurs indignée qu'il n'en soit rien.

Je ris.

— ... Mais, dites-moi. Que s'est-il passé?

— Sybil s'est étendue sur un divan et elle est tombée en transes, c'est tout.

Ginger eut un joyeux éclat de rire.

— Et qu'a fait Bella?

— Son intermède a été plutôt bestial. Elle a tué un poulet blanc et elle a trempé votre gant dans son sang.

— Oh! quelle horreur!... Et quoi encore?

— Des tas de choses. Thyrza m'a joué le grand jeu. Elle a évoqué un esprit; un certain Macandal. Psalmodies, lumières de différentes couleurs. Le tout aurait pu terrifier des gens impressionnables.

— Mais pas vous?

— Bella m'a fait une impression désagréable. Elle brandissait un couteau de belle taille et, à sa façon d'agir, j'ai craint un moment, qu'elle me fasse subir le sort du coq.

— Rien d'autre ne vous a fait peur? insista Ginger.

— Je ne me laisse pas influencer par ce genre de chose.

— Alors, pourquoi avez-vous paru si soulagé d'apprendre que j'étais en bonne santé?

— Eh bien, parce que...

— Entendu. Inutile de répondre à cela et de chercher aussi à jouer l'indifférence. *Quelque chose* vous a impressionné.

— L'absolue conviction de Thyrza quant au résultat, peut-être.

— Sa conviction que ce que vous venez de me raconter peut *tuer* quelqu'un? demanda Ginger, incrédule.

— Evidemment, c'est grotesque.

— Et Bella n'était-elle pas convaincue?

— Il me semble qu'elle prend du plaisir à tuer de malheureux poulets et à se mettre dans un état d'excitation maligne. La façon qu'elle avait de crier : « Le sang! Le sang! »

— J'aurais bien voulu entendre cela... Vous allez mieux, à présent?

— Que voulez-vous dire?

— Vous n'étiez pas d'aplomb quand vous avez appelé. Vous êtes bien, maintenant?

Elle avait parfaitement raison, le son de sa voix avait fait merveille. Mais, cependant, je tirai mon chapeau à Thyrza Grey pour avoir réussi à semer le doute et la crainte dans mon esprit. Rien ne comptait plus, à présent. Ginger était en bonne santé.

— Que faisons-nous, maintenant? demanda-t-elle. Dois-je rester confinée encore une semaine?

— Si je veux soutirer cent livres à Bradley, oui.

— Ça, il ne faudrait le manquer pour rien au monde! Restez-vous chez Rhoda?

— Pour quelque temps. Puis j'irai à Bournemouth. Téléphonez-moi chaque jour... ou plutôt je vous appellerai moi-même, cela vaudra mieux. Je suis au presbytère, en ce moment.

— La vie va être plutôt ennuyeuse les jours qui vont venir. J'ai emporté du travail à faire... et des livres que je n'ai jamais le temps de lire.

— Aucun individu suspect ne vous a approchée?

— Non. Le laitier, le releveur du gaz, une femme qui m'a posé des questions sur les médicaments et les produits de beauté que j'employais; une autre qui m'a demandé de signer une pétition pour la suppression des bombes atomiques et une quêteuse pour des aveugles. Et les portiers de l'immeuble, bien sûr. L'un d'eux m'a remplacé un fusible.

— Cela paraît inoffensif.

— Qu'attendiez-vous?

— Je ne sais pas exactement.

J'avais espéré, inconsciemment, quelque chose qui m'aurait permis d'agir.

Mais les victimes du *Cheval pâle* mouraient de leur plein gré...

J'émis quelques doutes quant à l'authenticité du releveur du gaz. Ginger protesta vivement.

— Je lui ai demandé sa carte. D'ailleurs, il s'est borné à relever les chiffres marqués au compteur et je puis vous assurer qu'il n'a touché à aucun tuyau ni préparé une fuite dans ma chambre... Oh! et puis, j'ai eu une autre visite. Votre ami le docteur Corrigan. Il est charmant.

— Lejeune a dû vous l'envoyer.

— Il m'a fait l'impression d'être venu à la rescousse d'un autre Corrigan!

Je raccrochai, très soulagé.

Je retournai chez Rhoda pour la trouver, sur la pelouse, très occupée à enduire de pommade un de ses chiens.

— Le vétérinaire vient de partir. Cette bête a la

teigne, paraît-il. C'est extrêmement contagieux. Je ne tiens pas à ce que les enfants ou les autres chiens l'attrapent. Reste tranquille! Ce fourbi fait tomber les poils... mais ils repoussent.

J'offris mon aide, qu'elle refusa, à mon grand soulagement.

A la campagne, je l'avais souvent remarqué, il n'y a guère plus de trois directions à prendre pour se promener. A Much Deeping, on pouvait s'engager sur la route de Garsington, sur celle de Long Cottenham ou bien, dans le haut de Shadhanger Lane, retrouver la grand-route Londres-Bournemouth, deux kilomètres plus loin.

Le lendemain, les deux premiers itinéraires m'étant connus, je me rabattis sur Shadhanger Lane.

Je me mis en route. J'avais un but bien défini. Priors Court donne sur Shadhanger Lane. « Pourquoi n'irais-je pas faire une visite à Mr Venables? »

Plus j'y songeais, plus cette idée me plaisait. On ne trouverait rien de suspect à mon geste. Rhoda m'y avait mené lors de mon premier séjour. Une seconde visite de ma part, pour admirer plus à loisir la collection de Venables, semblerait toute naturelle. Que ce pharmacien — Olsgen? Osborne? — eût assuré l'avoir reconnu était pour le moins fort intéressant. En admettant — avec Lejeune — que l'invalidité de Venables mette celui-ci hors de cause, la rencontre était pour le moins curieuse : il aurait donc un sosie dans la région?

Ce Venables était un personnage mystérieux, extrêmement intelligent. Trop habile, sans doute pour tuer lui-même... je le voyais fort bien organisant un crime, à tête reposée. C'était le « cerveau » idéal.

Le pharmacien assurait avoir vu *Venables marcher dans une rue, à Londres*. Puisque c'était impossible, l'identification ne tenait plus et le fait que Venables habitait dans le voisinage du *Cheval pâle*, ne signifiait rien. Mais, cependant, il me plaisait de le revoir.

Le maître d'hôtel m'ouvrit la porte. Son maître était là. Mais, « comme il n'était pas toujours en état de recevoir », il me pria d'attendre. Il s'éloigna et revint m'annoncer, au bout de quelques secondes, que Venables serait enchanté de me voir.

Celui-ci m'accueillit de façon extrêmement cordiale et me parla comme à un vieil ami.

— C'est charmant à vous d'être venu, mon cher. J'ai entendu dire que vous étiez dans nos murs et je me proposais de téléphoner à cette chère Rhoda pour lui demander de vous amener à déjeuner ou à dîner.

Je le priai d'excuser ma visite impromptu. En passant devant sa porte, j'avais obéis à une impulsion et étais entré.

— En fait, dis-je, j'aimerais beaucoup revoir vos miniatures mongoles. Je les ai à peine vues, l'autre jour.

— Vous n'en avez pas eu le temps! Je suis heureux que vous les appréciiez. Quels détails exquis!

J'éprouvai, je l'avoue, beaucoup de plaisir à admirer de plus près les merveilles qu'il possédait.

On apporta le thé et Venables insista pour que je reste. Un gâteau savoureux me rappela l'heure du goûter dans la maison de mes grands-parents, lorsque j'étais enfant.

— Vous avez un cuisinier sensationnel, dis-je. N'éprouvez-vous pas de mal à conserver des domestiques dans un endroit aussi retiré?

Venables haussa les épaules.

— J'entends être bien servi! Il faut payer! Je paye!

Toute l'arrogance naturelle de l'homme se reflétait dans ces paroles.

— Evidemment, cela résout beaucoup de problèmes.

— Tout dépend de ce que l'on demande à la vie. Ce qui importe, c'est de désirer fortement quelque chose. Tant de gens font de l'argent sans avoir la moindre idée de la façon dont on s'en sert. Ils sont pris dans l'engrenage. Ce sont des esclaves. Ils partent à leur bureau de bonne heure, le quittent tard. Jamais ils ne s'arrêtent pour vivre. Et qu'est-ce que cela leur donne? Une plus grosse voiture, un train de maison plus important, une femme ou une maîtresse plus dépensière... et davantage de maux de tête. Pour la majorité des gens riches, amasser de l'argent suffit. Mais *pour quoi*? Se posent-ils jamais cette question? Ils ne savent pas.

— Et vous? demandai-je.

— Moi... (Il sourit.) Je savais ce que je voulais. Des loisirs infinis me permettant de contempler les belles choses de ce monde, naturelles ou artificielles. Puisqu'il m'a été refusé, ces dernières années, d'aller les voir dans leur décor propre, je les ai fait venir.

— Mais, auparavant, l'argent, on doit l'avoir?

— Oui, il faut établir ses plans, préparer une affaire... mais, aujourd'hui, il n'est nullement nécessaire de pratiquer un apprentissage sordide quelconque.

— Je ne vous comprends pas très bien.

— Nous vivons dans un monde changeant, Easterbrook. Cela a toujours été... mais, à présent, les modifications s'opèrent plus vite. La cadence a augmenté... il faut savoir en profiter.

— Malheureusement, vous vous adressez aujourd'hui à un homme qui s'intéresse au passé... non pas au futur.

Venables haussa les épaules.

— Le futur? Qui peut le prévoir? Je parle d'aujourd'hui, du moment immédiat! Je ne tiens compte de rien d'autre. Les nouvelles techniques sont là pour qu'on s'en serve. Déjà, nous disposons de machines qui répondent à notre place.

— Les cerveaux électroniques?

— Par exemple.

— Les machines remplaceront-elles les hommes?

— *Les* hommes, oui. Mais pas *l'homme*. Il restera le contrôleur, le penseur, qui songe aux questions à poser aux machines.

Je hochai la tête, peu convaincu.

— Le surhomme?

— Et pourquoi pas, Easterbrook? Pourquoi pas? Nous commençons à savoir ce qu'est l'homme en tant qu'animal. La pratique de ce que certains appellent — parfois bien à tort — le lavage de cerveau, nous offre des possibilités fort intéressantes. Non seulement le corps, mais l'esprit de l'homme répondent à certains excitants.

— Une doctrine dangereuse.

— Dangereuse?

— Pour le patient.

— Toute vie est dangereuse. Nous l'oublions trop souvent, nous qui avons été élevés dans un petit ilôt de la civilisation, car c'est tout ce qu'elle est, mon cher. Ici et là de petits groupes d'hommes se sont constitués en vue d'une protection mutuelle et sont parvenus à déjouer la nature, à la commander, parfois. Ils ont vaincu la jungle, mais cette victoire est toute temporaire. A tout moment, la jungle peut reprendre le commandement. De fières cités ne sont plus, aujourd'hui, que de petits monticules de terre envahis par une végétation sauvage et les rares survivants parmi les hommes ne font guère plus que végéter. La vie est toujours dangereuse, ne l'oubliez pas. Et, pour finir, ce ne sont peut-être pas les grandes forces naturelles, mais l'œuvre de nos propres mains qui la détruira. Ce moment n'est peut-être pas loin...

— Personne ne saurait le nier. Mais votre théorie sur... le pouvoir exercé sur l'esprit m'intéresse.

— Holà! (Venables parut soudain embarrassé.) Sans doute ai-je exagéré.

Venables vivait très seul et, comme tel, il avait éprouvé le besoin de parler à quelqu'un... à n'importe qui. S'était-il trop avancé?

— Vous m'avez déconcerté avec votre version du surhomme.

— Elle n'a rien de neuf, certes. Que de philosophies n'a-t-on pas bâties dessus!

— Bien sûr, mais il me semble que votre surhomme n'est pas semblable aux autres... un homme exerçant un énorme pouvoir... sans que personne le sache. Un homme installé sur sa chaise et tirant les ficelles.

Il sourit.

— M'offririez-vous ce rôle? Je souhaiterais le remplir. On a besoin de compensation... pour *cela*!

Il passa la main sur la couverture étendue sur ses jambes.

— Je ne veux pas vous offrir ma compassion. Ce serait trop peu. Mais, croyez-moi, si l'on peut imaginer un homme capable de changer le désastre en triomphe, ce serait vous!

Il rit.

— Vous me flattez.

Mais il était satisfait, cela se voyait.

— Non, dis-je. J'ai rencontré assez d'hommes, dans ma vie, pour savoir reconnaître l'être exceptionnellement doué.

Je craignis, un instant, d'avoir un peu dépassé la mesure. Mais, exagère-t-on jamais dans la flatterie?

— Je me demande, fit-il, songeur, ce qui vous fait dire cela? Tout ça?

Il eut, de la main, un geste englobant la pièce et ses meubles.

— C'est là une preuve de votre richesse, de votre sens de l'achat, de votre goût. Mais il y a plus que les possessions terrestres... vous avez fait plus que suggérer qu'ils n'étaient pas le fruit d'un travail acharné.

— Parfaitement exact. Seuls les fous se fatiguent. Il suffit de réfléchir, de préparer son plan en détail. Le secret de tout succès est simple, mais il faut y penser! Vous avez l'idée, vous la mettez à exécution et vous y êtes!

Je le regardai fixement. Quelque chose de simple... aussi simple que la suppression d'indésirables. Un acte exécuté sans danger, sauf pour la victime. Conçu par Mr Venables cloué dans un fauteil roulant. Exécuté par?... Thyrza Grey?

— Tout cela me rappelle une réflexion de cette étrange Miss Grey.

— Oh! cette chère Thyrza!

Il avait parlé d'un ton doux, indulgent. Mais, n'avais-je pas vu ses yeux briller?

— ... Quelles bêtises peuvent-elles raconter! Et elles y croient, savez-vous! Avez-vous assisté — elles vous l'ont certainement demandé — à l'une de leurs ridicules séances?

J'hésitai un instant sur l'attitude à prendre.

— Oui, répondis-je. J'y ai assisté.

— Et vous avez trouvé cela idiot? Ou bien avez-vous été impressionné?

J'évitai son regard et affectai d'être mal à l'aise.

— Je... eh bien!... évidemment, je ne crois à rien de tout cela. Elles semblent extrêmement sincères, mais...

Je jetai un coup d'œil à ma montre : « Je ne pensais pas qu'il puisse être si tard. Ma cousine doit se demander ce que je suis devenu. »

— Vous avez réconforté un invalide au cours d'un triste après-midi. Mes hommages à Rhoda. Il nous faudra arranger un autre déjeuner, très bientôt. Demain, je vais à Londres. Il y a une vente intéressante. De vieux ivoires. Exquis. Vous les apprécieriez, j'en suis convaincu, si je réussis à les acquérir.

Nous nous séparâmes sur cette note amicale. Ses yeux avaient-ils brillé, amusés à mon évocation de la séance chez Thyrza? Ou mon imagination me jouait-elle des tours?

CHAPITRE XIX

LE RECIT DE MARK EASTERBROOK

Le crépuscule était déjà tombé et le ciel était couvert, je voyais mal l'allée. Je me retournai, un instant, pour un dernier coup d'œil aux fenêtres éclairées de la maison. Ce faisant, j'empiétai sur la pelouse et entrai en collision avec quelqu'un qui marchait en sens inverse du mien.

C'était un homme de petite taille, solidement bâti. Nous échangeâmes des excuses. Sa voix était profonde, son ton un peu précieux.

— Je suis désolé.

— Je vous en prie. Toute la faute m'en revient, je vous l'assure...

— Je ne connais pas le chemin, dis-je. J'aurai dû emporter une lampe de poche.

— Permettez.

L'inconnu sortit une torche de sa poche, l'alluma et me la tendit. Je le vis alors. Il avait le visage rond d'un chérubin, une moustache noire, et portait des lunettes. Son imperméable était de belle qualité. Il semblait fort respectable. Mais, cependant, cela ne laissa pas de m'étonner qu'il n'ait pas fait usage lui-même de sa torche.

— Ah! dis-je assez stupidement. Je vois. J'ai quitté l'allée.

J'y retournai et rendis la lampe à son propriétaire.

— ... Je trouverai mon chemin, à présent.

— Non, non, gardez-la jusqu'à la grille.

— Mais... vous? Vous allez à la maison?

— Non. Je suis la même route que vous. Je... je vais à l'arrêt de l'autobus pour Bournemouth.

— Ah! oui.

Nous continuâmes, côte à côte. Mon compagnon, qui semblait mal à l'aise, me demanda si, moi aussi, je prenais l'autobus. Je répondis que j'habitais dans le voisinage.

Il y eut un nouveau silence et je sentais l'embarras de l'inconnu croître.

— Vous avez été faire une visite à Mr Venables? me demanda-t-il après avoir toussoté.

— Oui. Je croyais que vous y alliez, vous aussi.

— Non, non... J'habite Bournemouth... aux environs immédiats plutôt. Je viens d'emménager dans une maisonnette.

De qui avais-je entendu parler qui habitait Bournemouth? Pendant que j'essayais de rappeler mes souvenirs, mon compagnon, de plus en plus agité, reprit :

— Vous devez trouver cela étrange, je l'admets... Il est curieux de trouver quelqu'un errant dans les jardins d'une maison dont... dont le propriétaire ne lui est pas connu. Mes raisons d'agir sont un peu difficiles à expliquer, bien que je puisse vous assurer en avoir de très bonnes. Je ne suis à Bournemouth que depuis peu de temps, mais il ne manquerait pas de gens pour répondre de ma parfaite honorabilité. Pharmacien, j'ai vendu dernièrement mon magasin de Londres pour me retirer dans cet endroit qui me plaît beaucoup... beaucoup.

La lumière me vint. Je savais qui était le petit homme. Mais il n'avait pas encore fini de parler.

— ... Je m'appelle Osborne. Zacharias Osborne. J'avais une fort belle affaire, à Londres... Barton Street... Un joli quartier du temps de mon père, mais bien changé depuis... oh! oui.

Il soupira, secoua la tête.

— ... Alors, voici la maison de Mr Venables? C'est... je pense... un de vos amis?

— C'est beaucoup dire. Je ne l'ai vu qu'une fois, en compagnie d'amis.

— Ah! oui, oui... en effet.

Nous étions arrivés à l'entrée du jardin. Nous sortîmes. Irrésolu, Mr Osborne s'arrêta. Je lui rendis sa torche.

— Merci.

— Je vous en prie. Je...

Il s'interrompit, puis se remit à parler avec précipitation.

— ... Je ne voudrais pas que vous pensiez... oui, de fait, j'ai empiété sur le domaine d'autrui. Mais non point, je vous l'affirme, par curiosité simple. Ma position doit vous sembler particulièrement fausse. J'aimerais vous expliquer...

J'attendis. C'était, je pensais, la meilleure chose à

faire. Il garda le silence une minute au moins. Puis il se décida :

— ... Voilà, monsieur... euh!

— Easterbrook.

— Comme je vous le disais, si vous n'êtes pas pressé, j'aimerais vous expliquer l'étrangeté de ma conduite. Il y a un petit café fort convenable, proche de l'arrêt de l'autobus. Celui-ci ne passera pas avant une vingtaine de minutes. Si vous vouliez me permettre de vous offrir une tasse de café?

J'acceptai. Mr Osborne, son sens de la respectabilité apaisé, bavarda gentiment tout au long du chemin, louant les agréments de Bournemouth, de son climat et de ses habitants.

Quand nous eûmes atteint le café, Osborne, installé en face de moi, déchargea son âme. Il me raconta tout ce que je savais déjà par Corrigan ou Lejeune sur le meurtre du Père Gorman et son rôle de témoin, à lui, Osborne.

— ... L'inspecteur Lejeune, venu à Bournemouth à la suite de ma lettre, m'informa que Mr Venables était paralysé depuis des années, à la suite d'une attaque de poliomyélite. J'avais dû, me dit-il, être abusé par une forte ressemblance.

Osborne s'interrompit brusquement. Avec précaution, je plongeai les lèvres dans le pâle breuvage que l'on m'avait apporté. Osborne, pour sa part, ajouta trois morceaux de sucre au contenu de sa tasse.

— Eh bien, cela semble régler la question, dis-je.

— Oui, fit Osborne d'un ton fort peu satisfait. Puis il se pencha vers moi, son crâne chauve luisant sous la lumière électrique, le regard fanatique derrière le verre des lunettes.

« ... Voyez-vous, cher monsieur, lorsque j'étais enfant, un ami de mon père, pharmacien lui aussi, a été appelé à témoigner dans l'affaire Jean-Paul Marigot.

Peut-être vous souvenez-vous... il avait empoisonné sa femme. L'ami de mon père reconnut en lui l'homme qui avait signé d'un faux nom le registre des poisons. Convaincu de meurtre, Marigot a été pendu. J'avais neuf ans à l'époque et je fus très impressionné. Depuis ce jour, j'ai nourri l'espoir de figurer dans une cause célèbre; d'être l'instrument livrant un meurtrier à la justice! Peut-être est-ce à partir de là que j'ai commencé à me souvenir des visages. Je vous avoue, monsieur — et cela va vous sembler ridicule — que, des années durant, j'ai attendu qu'un homme déterminé à supprimer sa femme entrât faire ses achats chez moi! Hélas, cela ne s'est jamais produit, ou bien je l'ai ignoré et le coupable n'a jamais été traduit en justice. Cela arrive, il faut le dire, plus souvent qu'il n'est agréable de le croire. Et cette identification m'offrait enfin l'occasion de témoigner dans une affaire de meurtre! Je suis un homme obstiné, monsieur. Les jours ont passé et ma conviction s'est accrue. L'homme que j'ai vu était Venables et personne d'autre! Oh! je sais, la soirée était brumeuse! Je me trouvais à quelque distance, mais la police ne tient pas compte du fait *que je suis physionomiste*. Je me suis répété : « Allons, admets t'être trompé. » Mais j'ai continué à sentir que je n'avais *pas* fait d'erreur. La police dit que c'est impossible. Mais, qu'est-ce qui est impossible?

— Avec une impotence de cet ordre...

Il m'interrompit d'un geste impératif.

— Oui, oui... Vous ne sauriez croire ce que les gens sont disposés à faire et ce qu'ils font! Je n'irais pas prétendre que le corps médical est peuplé de naïfs. Un médecin a vite fait de déceler une maladie simulée. Mais il existe des moyens... un pharmacien est mieux qualifié qu'un médecin... certaines drogues, par exemple : des préparations apparemment anodines. On se « fabrique » de la fièvre, des irritations cutanées... un dessèchement anormal de la gorge, ou une exagération des sécrétions naturelles...

— Mais difficilement une atrophie des membres.

— Evidemment. Mais qui vous dit que les membres de Mr Venables le sont?

— Eh bien, mais son médecin!

— Oui. J'ai essayé de réunir quelques renseignements à ce sujet. Le médecin de Mr Venables est un praticien d'Harley Street, mais, à son arrivée ici, il s'est fait soigner par le médecin du pays. Celui-ci a, depuis, pris sa retraite. Il vit à l'étranger. Son remplaçant *n'a jamais ausculté Mr Venables* qui se rend à Harley Street une fois par mois.

— Je ne comprends pas en quoi cela modifie les choses?

— Un petit exemple vous suffira. Mrs H. a touché des allocations pendant plus d'un an, à trois endroits différents : sous son propre nom, puis sous celui de Mrs C. et de Mrs T. Ces deux dernières dames lui ayant prêté leur carte moyennant une petite rétribution.

— Je ne vois pas le rapport...

— Admettons, admettons! Mr V. entre en contact avec une véritable victime de la poliomyélite, en mauvaise posture financière. Il lui fait une offre. L'homme lui ressemble, disons dans l'ensemble, sans plus. Le vrai malade, sous le nom de Mr V., va voir un spécialiste qui l'examine et constate son état. Mr V. s'installe à la campagne. Le médecin local est sur le point de prendre sa retraite. Le malade lui fait une visite. Et nous y sommes! Mr Venables passe partout pour souffrir de séquelles de la polio. On le voit — comme je l'ai fait — se déplacer dans un fauteuil roulant, etc.

— Mais ses domestiques le sauraient, voyons! Son valet de chambre!

— Et s'il s'agit d'une bande... le valet en ferait partie. Quoi de plus simple?

— Mais, *pourquoi*?

— Ah! ça, c'est une autre question. Ma théorie vous fera rire... Quel alibi! Il peut être partout sans qu'on le sache. On l'a vu marcher à Paddington? Impossible! C'est un pauvre invalide qui vit à la campagne.

Osborne s'interrompit, jeta un coup d'œil à sa montre.

— ... Mon autobus ne va pas tarder. Je dois me dépêcher. Je me demandais comment prouver tout cela. Je n'ai plus grand-chose à faire, à présent. Alors je suis venu me rendre compte... faire un peu d'espionnage... ce n'est pas très propre comme procédé, je vous le concède. Mais, si j'avais pu obtenir la vérité... envoyer un criminel à la potence. Si j'avais, par exemple, surpris Mr Venables faisant une petite promenade dans son jardin! Ou, les rideaux mal tirés, se croyant à l'abri de toute indiscrétion, arpentant sa bibliothèque!

— Pourquoi êtes-vous tellement persuadé que Venables est celui que vous avez vu le soir du meurtre?

— Je *sais* que c'est lui!

Il se leva précipitamment.

— ... Voilà mon autobus. Enchanté de vous avoir rencontré, cher monsieur. Et quel poids de moins sur ma conscience que d'avoir pu vous expliquer ce que je faisais à Priors Court.

— Mais vous ne m'avez pas dit de quoi vous soupçonnez Mr Venables?

Osborne parut embarrasé.

— Vous allez rire. Tout le monde le dit riche mais personne ne semble connaître *l'origine de sa fortune.* Pour moi, c'est l'un de ces grands criminels dont les journaux parlent. Vous savez, ces gens qui mettent sur pied des affaires extraordinaires et qui les font exécuter par leur bande. Cela peut vous sembler stupide, mais...

L'autobus venait de s'arrêter. Osborne le rejoignit en courant.

CHAPITRE XX

LE RECIT DE MARK EASTERBROOK

Le lendemain matin, j'appelai Ginger pour lui dire que je gagnais Bournemouth, le jour suivant.

— J'ai trouvé un petit hôtel baptisé, Dieu sait pourquoi, *Le parc aux cerfs.* Il dispose de deux portes discrètes. Je puis sortir inaperçu et venir vous voir à Londres.

— Cela vous est vraisemblablement interdit. Mais j'avoue que j'en serais ravie. Je m'ennuie, vous n'avez pas idée! Si vous ne pouvez pas venir, je vous rejoins, n'importe où.

Brusquement, quelque chose m'alerta.

— Ginger! Votre voix... ce n'est plus la même...

— Oh! Ça va très bien. Ne vous faites pas de bile.

— Mais, *votre voix.*

— J'ai un peu mal à la gorge, c'est tout.

— Ginger!

— Voyons, Mark, n'importe qui peut avoir mal à la gorge. J'ai dû attraper froid... ou la grippe.

— La grippe! Répondez-moi! Avez-vous réellement l'impression d'avoir attrapé la grippe?

— Euh... peut-être... J'ai mal un peu partout... vous savez ce que c'est...

— De la température?

— Sans doute un peu...

Je dus m'asseoir, soudain glacé. J'étais terrifié. Ginger se refusait à l'admettre, mais elle avait peur, elle aussi, je le savais.

— ... Mark... ne vous affolez pas. Il n'y a vraiment pas de quoi.

— Peut-être, mais il faut prendre des précautions. Appelez votre médecin, dites-lui de venir vous voir sans perdre une minute.

— Entendu... Mais il va me prendre pour une affreuse douillette.

— Aucune importance... *Faites-le!* Quand il sera venu, téléphonez-moi.

Je raccrochai et restai à fixer sans le voir le fil du téléphone. Je ne devais pas céder à la panique... il y a toujours la grippe à cette époque de l'année... le médecin serait rassurant... peut-être n'était-ce qu'un simple refroidissement...

Je revoyais Sybil et sa robe bariolée... j'entendais encore la voix impérieuse de Thyrza... Bella psalmodiant ses chants de mort...

Stupidités... tout n'était que superstitions ridicules.

Mais la boîte? Etait-ce un objet scientifique au pouvoir absolu?... Impossible...

Mrs Dane Calthrop me trouva au même endroit, regardant fixement le téléphone.

— Que s'est-il passé? me demanda-t-elle aussitôt.

— Ginger... elle ne se sent pas bien...

J'attendais, je voulais l'entendre me rassurer. Mais :

— C'est mauvais, dit-elle. Oui, c'est mauvais.

— Mais ce n'est pas possible! Ils n'ont pas pu faire ce qu'ils disent!

— Vraiment?

— Vous ne le croyez pas... vous ne pouvez pas le croire...

— Mon cher Mark, Ginger et vous avez admis cette éventualité, sans quoi vous n'auriez pas tenté l'expérience. La maladie de Ginger vous apporte une preuve, à présent.

Je la détestai, soudain.

— Pourquoi êtes-vous si pessimiste! m'écriai-je. Il ne s'agit que d'un rhume. Pourquoi persistez-vous à croire le pire?

— Parce que si c'est cela, il faut y faire face et non pas nous aveugler jusqu'à ce qu'il soit trop tard.

— Vous pensez que tout ce galimatias ridicule a agi?

— *Quelque chose* a agi. C'est ce qu'il nous faut envisager. A mon avis, dans tout cela, il y a un énorme pourcentage de charlatanisme destiné à créer une atmosphère particulière. Mais, derrière le tout, il y a l'objet qui importe.

— Mais *quoi*? *Quoi*? Cette satanée boîte! Il faudrait la faire examiner par la police!

— Il faudrait pour cela qu'elle dispose d'autres preuves que celles que nous avons à lui offrir.

— Et si j'allais la démolir, moi!

— D'après ce que vous m'avez dit, le mal, s'il existe, a été fait l'autre nuit.

Je me pris la tête à deux mains et gémis.

— Pourquoi ai-je entrepris tout cela, mon Dieu!

— Vous aviez d'excellents motifs, rétorqua Mrs Dane Calthrop avec fermeté. Et ce qui est fait est fait. Nous en saurons davantage lorsque Ginger aura appelé. Elle téléphonera chez Rhoda, je suppose...

Je compris.

— Je vais rentrer.

Ginger m'appela deux heures plus tard.

— Il est venu, me dit-elle. Il a paru un peu embarrassé mais pense qu'il s'agit sans doute de la grippe. Il me fait porter des médicaments. Je dois garder le lit. J'ai beaucoup de fièvre. Mais c'est normal en cas de grippe, n'est-ce pas?

Je sentis l'appel de sa voix couverte.

— Tout va aller très bien, dis-je misérablement. Vous m'entendez? Vous sentez-vous si mal?

— Eh bien... j'ai la fièvre, et j'ai mal partout. Je ne puis supporter aucun contact... et j'ai tellement chaud.

— C'est la fièvre, ma chérie. Attendez, je viens vous voir! Je pars tout de suite. Non, ne protestez pas.

— Bien. Je suis heureuse que vous veniez, Mark. Je dois le dire... je suis moins courageuse que je l'aurais cru...

*
**

Et je téléphonai à Lejeune.

— Miss Corrigan est malade, dis-je.

— Quoi?

— Vous m'entendez parfaitement. Elle est malade. Son médecin parle de grippe probable. Mais rien n'est moins sûr. Je ne sais ce que *vous* pouvez faire. Je n'ai qu'une idée, mettre un spécialiste sur la question.

— Quelle sorte de spécialiste?

— Un psychiatre... un psychanaliste... un psycho tout ce que vous voudrez. Enfin, quelqu'un qui soit au courant d'hypnotisme, de suggestion, de lavage de cerveau. Cela existe?

— Evidemment, cela existe. Vous devez avoir raison. Seigneur! Easterbrook! peut-être avons-nous trouvé ce que nous désirons apprendre au sujet de l'influence psychique!

Je raccrochai brutalement.

Une seule chose m'intéressait : Ginger, si brave et si effrayée. Nous nous étions embarqués dans une sorte de jeu sans y croire beaucoup et nous découvrions que c'était curieux.

Le *Cheval pâle* prouvait sa puissance.

Oh! mon Dieu!

CHAPITRE XXI

LE RECIT DE MARK EASTERBROOK

Je doute pouvoir jamais oublier les jours qui suivirent.

On transporta Ginger dans une clinique privée où je n'avais le droit de la voir qu'aux heures de visites habituelles.

Son médecin ne comprenait pas l'importance que l'on donnait à l'état de sa malade et le prenait de très haut. Son diagnostic était simple : grippe compliquée de broncho-pneumonie à laquelle s'ajoutaient des symptômes mal définis. « Mais c'est fréquent, disait-il. Une allergie aux antibiotiques, sans doute. »

Et il avait raison. Rien de mystérieux, apparemment, à la maladie dont elle souffrait.

J'eus une entrevue avec le psychologue du ministère de l'Intérieur. C'était un petit homme bizarre qui passait son temps à se dresser sur la pointe des pieds et à se laisser retomber sur les talons et dont les yeux clignotaient derrière des verres très épais. Il me posa d'innombrables questions à la plupart desquelles je ne voyais pas d'objet mais hocha la tête d'un air entendu à chacune de mes réponses. Il essaya, je crois, diverses formes d'hypnotisme sur Ginger, mais, d'un commun accord, sembla-t-il, personne ne voulut me donner de détails. Peut-être parce qu'il n'y avait rien à dire.

J'évitais mes amis, mes relations, mais le vide de mon existence m'était insupportable.

Finalement, désespéré, je téléphonai à Poppy chez son fleuriste et lui demandai de venir dîner avec moi. Elle accepta, empressée.

Je l'emmenai au *Fantaisie*. Elle bavarda joyeusement et je trouvai sa compagnie vraiment reposante. Mais je ne l'avais pas invitée pour cette qualité. J'attendis que les mets et les vins l'aient mis en bon état et je tentai l'épreuve. Je lui demandai si elle se souvenait de mon amie Ginger.

— Bien sûr, répondit-elle en élargissant ses grands yeux. Que devient-elle?

— Elle est malade.

— Pauvre chou.

— Elle s'est trouvée mêlée à une étrange affaire. Elle vous avait, je crois, demandé votre avis. Le truc du *Cheval pâle*. Cela lui a coûté énormément d'argent.

— Oh! s'exclama Poppy, les yeux encore plus grands que d'habitude. C'était vous?

Je restai un instant sans comprendre. Et soudain il m'apparut que, pour Poppy, j'étais cet homme dont la femme infirme faisait obstacle au bonheur de Ginger. Cette révélation de notre vie amoureuse lui fit un tel effet qu'elle en oublia de s'alarmer à l'évocation du *Cheval pâle.*

— ... Est-ce que ça a marché? chuchota-t-elle, très intéressée.

— Le... euh... l'effet, semble s'être retourné contre Ginger. Avez-vous entendu dire que cela s'était déjà produit?

— Non.

— Evidemment... ce qu'ils font au *Cheval pâle,* à Much Deeping... vous savez de quoi il s'agit, n'est-ce pas?

— J'ignorais où c'était. A la campagne, quelque part...

— Je n'ai pu obtenir de précisions de Ginger... J'attendis, prudemment.

— Des rayons, je crois. Quelque chose comme ça. Venus de la stratosphère, comme les Russes!

Cette fois, elle faisait appel à son imagination.

— Oui, c'est cela, sans doute. Mais cela doit être dangereux. Pour que Ginger soit malade à ce point.

— Mais c'était votre femme qui devait mourir. n'est-ce pas?

— Oui, répondis-je, acceptant le rôle qui m'était attribué. Mais... on dirait que ça n'a pas fonctionné, qu'il y a eu un retour de manivelle.

— Vous voulez dire. (Poppy fit un terrible effort mental.) Comme une décharge en manipulant un fil électrique à la place d'un autre?

— Exactement. Savez-vous si cela est déjà arrivé?

— Eh bien!... pas de cette façon.

— De laquelle?

— Euh! si l'on ne paye pas... ensuite. J'ai connu un homme qui a refusé. (Elle baissa la voix jusqu'au murmure.) Il a été tué dans le métro... Il est tombé du quai juste devant le train.

— Peut-être était-ce un accident?

— Oh! non! C'était EUX!

Je remplis de champagne le verre de Poppy. Elle pouvait m'aider, j'en étais persuadé. Mais comment procéder? Un mot maladroit et elle se fermerait comme une huître.

— Ma femme, dis-je, est toujours paralysée mais elle ne semble pas aller plus mal.

— Quel dommage! constata Poppy en buvant à petits coups.

— Que dois-je faire?... C'est Ginger qui a tout préparé... Pourrais-je entrer en contact avec quelqu'un?

— Il y a une adresse à Birmingham, dit la jeune fille, sans conviction.

— C'est fermé, assurai-je. Connaissez-vous quelqu'un d'autre qui soit au courant?

— Eileen Brandon, peut-être... mais ça m'étonnerait.

La mention de ce nom totalement inconnu me surprit. Je demandai des précisions sur cette Eileen Brandon.

— Elle est très terre à terre, dit Poppy. Et fade. Elle a une permanente sans mise en plis, et ne porte *jamais* de talons aiguille! J'ai été en classe avec elle. Elle était déjà d'un terne! Mais elle avait toujours les premiers prix en géographie.

— Qu'a-t-elle à faire avec le *Cheval pâle*?

— En fait, rien. C'est une idée qu'elle a eue. Et elle a donné sa démission.

— D'où cela?

— Du C.R.C.

— Quel C.R.C.?

— Je ne sais pas au juste. C'est comme ça qu'on appelle la maison pour laquelle elle travaillait. On y fait des enquêtes sur les goûts des clients. Ce n'est pas une grosse boîte.

— Quelles étaient les fonctions d'Eileen Brandon?

— Faire des tournées simplement et poser des questions... sur la pâte dentifrice, le genre de fourneau à gaz, la marque des éponges que les gens emploient. Ce qu'il y a de plus déprimant et d'ennuyeux. Et puis, qui cela intéresse-t-il?

— Sans doute le C.R.C.

Je me sentais gagné par un sentiment étrange.

Le Père Gorman avait, le soir de sa mort, été appelé au chevet d'une femme qui travaillait pour une maison de ce genre. Et... Ginger avait reçu la visite d'une enquêteuse de cette espèce...

— Pourquoi a-t-elle abandonné? Par ennui?

— Je ne crois pas. Elle était bien payée. Mais elle s'est imaginé que... ce n'était pas exactement ce que cela paraissait être.

— Elle a pensé qu'il pouvait y avoir un lien avec le *Cheval pâle*?

— Je ne sais pas. Quelque chose comme cela... En tout cas, maintenant, elle travaille dans un café de Tottenham Court Road.

— Donnez-moi son adresse.

— Ce n'est pas du tout votre type.

— Je n'ai aucune envie de lui faire des avances. Je désire simplement me renseigner sur l'organisme qui l'employait. Je songe à acheter des actions dans une entreprise de ce genre.

— Ah! bon, dit Poppy satisfaite de cette explication.

***

J'essayai d'atteindre Lejeune au téléphone, le lendemain matin. En vain. Et ce n'est qu'après de multiples tentatives que je réussis à joindre Corrigan.

— Alors, que dit de Ginger cette espèce de pie psychologue que tu m'as envoyée, Corrigan?

— Beaucoup de choses. Mais, Mark, tu sais, il y a des gens qui attrapent des pneumonies. Il n'y a rien de mystérieux à cela.

— Oui. Et beaucoup de gens dont les noms figurent sur certaine liste sont morts de broncho-pneumonie, de gastro-entérite, de tumeurs du cerveau, de paratyphoïde et autres maladies nettement reconnues.

— Je te comprends... mais que peut-on faire?

— Elle va plus mal, n'est-ce pas?

— Euh... oui.

— Il *faut* agir! Aller à Much Deeping, forcer Thyrza Grey, en la terrorisant, à inverser le sortilège...

— Oui... ça peut donner quelque chose.

— Je peux aussi aller trouver Venables...

— Venables? m'interrompit Corrigan. Il est hors de question. C'est un infirme!

— Je me le demande! J'ai bien envie d'arracher sa couverture et de voir ce qu'il en est de ses membres atrophiés!

— Mais, nous savons parfaitement...

— Attends un peu. Je suis tombé sur ce petit pharmacien, Osborne, à Much Deeping. Ecoute ce qu'il m'a dit.

Je lui répétai le récit d'Osborne.

— Ce type est piqué! C'est le genre d'individu qui n'admet pas de se tromper!

— Mais, Corrigan... ce qu'il suggère, *est-ce possible*?

— Oui, admit Corrigan après une certaine hésitation... C'est possible. Mais il faudrait beaucoup de gens dans la combine et cela coûterait une fortune pour les faire tenir leur langue.

— Et puis? Il roule sur l'or. Lejeune a-t-il découvert l'origine de son argent?

— Pas exactement. Evidemment, il y a quelque chose de louche chez ce type. Il a passé suspect. Mais l'enquête peut prendre des années. Il a bien recouvert ses traces. Tu le crois à la tête de ton affaire?

— Oui. Pour moi, c'est lui qui combine tout.

— Peut-être. Il me paraît assez intelligent pour cela. Mais il ne se serait sûrement pas laissé aller à tuer lui-même le Père Gorman.

— En cas d'urgence. Il fallait empêcher le père Gorman de révéler ce que lui avait appris cette femme sur les activités du *Cheval pâle*. D'autre part...

Je m'interrompis.

— Allô! tu es toujours là?

— Oui. Mais j'ai eu une idée et, d'autre part, je dois sortir. J'ai un rendez-vous.

Je raccrochai et jetai un coup d'œil à la pendule. J'étais à la porte lorsque la sonnerie du téléphone résonna. J'hésitais. Jim Corrigan me rappelait certainement pour savoir quelle était mon idée. Je n'avais aucune envie de lui parler de nouveau.

La sonnerie persistait... Peut-être était-ce l'hôpital... Ginger.

Je n'allais pas en courir le risque. Je retraversai la pièce et arrachai le récepteur à ses crochets.

— Allô!

— C'est vous, Mark?

— Oui. Qui est à l'appareil?

— Moi, évidemment! Ecoutez, j'ai quelque chose à vous dire.

— Oh! c'est vous. J'avais reconnu la voix de Mrs Oliver. Je suis extrêmement pressé. Je vous rappellerai un peu plus tard.

— Non, non. Vous m'écouterez. C'est urgent.

— Soyez brève. J'ai un rendez-vous.

— Quelle importance! Soyez en retard, on ne vous en trouvera que mieux.

— Vraiment, cela m'est impossible...

— Ecoutez-moi, Mark. C'est important. J'en suis sûre. Il le *faut*!

Je regardai la pendule.

— Alors?

— Ma Milly a une amygdalite. Elle se sentait très mal. Elle est partie à la campagne... chez sa sœur...

Je grinçai des dents.

— Je suis désolé, mais vraiment...

— Ecoutez! Je n'ai pas encore commencé. Où en étais-je? Ah! oui. Milly étant malade, j'ai appelé mon bureau de placement habituel...

— Je vous assure que...

— On m'a dit qu'il était très difficile de trouver du personnel, en ce moment, mais que, pour moi...

Je l'aurais volontiers étranglée.

— ... Enfin, ce matin, il s'est présenté une femme. Et savez-vous qui?

— Comment le saurais-je? Je vous assure...

— Edith Binns... un nom comique, n'est-ce pas? Mais vous la connaissez.

— Certainement pas! Je n'ai jamais entendu parler d'elle!

— Vous la connaissez et vous l'avez vue dernièrement encore. Elle est restée des années auprès de votre marraine, lady Hesketh-Dubois.

— Oh! elle!

— Oui. Elle vous a vu le jour où vous êtes allé prendre vos tableaux!

— C'est parfait et je pense que vous avez eu de la chance de la trouver. Tante Min la disait fidèle et serviable. Mais, vraiment, maintenant...

— *Attendez!* Je n'ai pas abordé le fait principal. Elle m'a beaucoup parlé de lady Hesketh-Dubois et de sa dernière maladie et elle m'a dit...

— Dit quoi?

— Oui, cela a attiré mon attention : « Pauvre dame, souffrir comme elle a souffert! Elle qui était en si bonne santé avant d'attraper cette grosseur dans son cerveau. Et quelle tristesse de voir ses beaux cheveux blancs si épais, si soignés, tomber tout seuls sur l'oreiller. » Et alors, Mark, j'ai pensé à Mary Delafontaine. *Elle a perdu ses cheveux.* Puis je me suis souvenue de cette fille dont vous m'avez parlé qui se battait, dans un café de Chelsea, avec une autre fille qui lui arrachait les cheveux à poignée. Cela ne s'arrache pas si facilement, Mark. Essayez un peu, pour voir, de tirer sur les vôtres! Ce n'est pas normal. Il doit s'agir d'une nouvelle maladie... cela doit *signifier* quelque chose!

J'agrippai le récepteur, la tête bourdonnante. Des détails, des images m'assaillaient. Rhoda et ses chiens, sur la pelouse... un article que j'avais lu dans un journal médical, à New York... Bien sûr!...

Je me rendis compte soudain que Mrs Oliver continuait de bavarder allègrement

— Dieu vous bénisse! dis-je. Vous êtes merveilleuse!

Je raccrochai, redécrochai aussitôt après. La chance me sourit : j'eus Lejeune dans la seconde, au bout du fil.

— Dites-moi, les cheveux de Ginger tombent-ils par poignées?

— Euh... il me semble. A cause de la fièvre, sans doute.

— Je t'en fiche! Ginger a ce qu'ils ont tous eu : un empoisonnement au thallium! Dieu fasse qu'il ne soit pas trop tard...

CHAPITRE XXII

LE RECIT DE MARK EASTERBROOK

— Sommes-nous à temps? Vivra-t-elle?

J'allais et venais, incapable de rester en place.

Lejeune, assis, me regardait, patient et compréhensif.

— On fait l'impossible. Vous pouvez en être sûr.

Toujours la même réponse. Cela ne me rassurait nullement.

— Sait-on seulement comment traiter un empoisonnement au thallium? On a bien vérifié qu'il s'agissait de thallium?

— Oui.

— Et voilà! Pas de sorcellerie, d'hypnotisme, de « rayons de la mort »! Un empoisonnement pur et simple! Et quand je pense qu'elle me l'a jeté à la figure! Elle devait bien rire.

— De qui parlez-vous?

— De Thyrza Grey. La première fois que je l'ai vue. Elle m'a parlé de la légende des Borgia et de leurs poisons indétectables : « Du vulgaire arsenic, rien de plus », m'a-t-elle dit. Toute cette mise en scène! Transes, coq blanc, psalmodies. Et la fameuse boîte conçue à l'usage des esprits superstitieux modernes. Nous ne croyons plus aux sorcières et aux malédictions mais nous sommes d'une remarquable crédulité quand il s'agit de « rayons », de « flux » et de phénomènes psychologiques. Cette boîte, je le parie, n'est rien de plus qu'un astucieux assemblage de fils électriques et d'ampoules de couleur. Thyrza

Grey pourra clamer aux quatre vents qu'elle commande à des pouvoirs occultes, jamais on ne pourra la convaincre de meurtre par le truchement de sa boîte.

— Croyez-vous qu'elles soient de connivence toutes les trois?

— Il ne me semble pas. La foi, dirai-je, de Bella est sincère. Elle est persuadée de sa puissance et s'en réjouit. C'est comme pour Sybil. C'est un véritable médium. Elle entre en transes et ignore ce qui se passe ensuite. Elle croit tout ce que Thyrza lui dit.

— Cette dernière serait donc le cerveau?

— En ce qui concerne le *Cheval pâle*, oui. Mais l'autre, le vrai, travaille en coulisse. C'est lui qui dresse les plans, organise. Tout est magnifiquement assemblé, savez-vous! Chacun a sa place, sa tâche déterminée et rien d'autre. Bradley s'occupe du côté commercial et ignore ce qui se passe ailleurs. Il est fort bien payé, naturellement. La même chose pour Thyrza Grey.

— Qu'est-ce qui vous a fait penser au thallium?

— Plusieurs faits épars se sont assemblés brusquement pour former un tout. D'abord, le souvenir de cette jeune fille se battant à Chelsea avec une rivale qui lui arrachait les cheveux à poignées. « *Cela ne lui avait pas fait mal* », disait-elle. Ce n'était pas de la bravoure, comme je l'ai cru. Elle n'avait, en effet, rien senti.

« J'ai lu, lors d'un séjour en Amérique, un article consacré à l'empoisonnement au thallium. Les ouvriers d'une usine mouraient les uns après les autres, pour des causes extrêmement diverses : paratyphoïde , apoplexie, névrites alcooliques, paralysie bulbaire, épilepsie, gastro-entérite, etc. Puis il a été question d'une femme qui avait empoisonné sept personnes pour lesquelles on diagnostiqua des tumeurs au cerveau, encéphalite et pneumonie lombaire. Les symptômes varient énormément. Cela peut débuter par des diarrhées et des vomissements, des douleurs lombaires. On a cru même à une attaque de poliomyélite pour un malade. Parfois, cela se traduit par une coloration particulière de l'épiderme.

— Vous avez tout du dictionnaire médical!

— Naturellement! Je me suis renseigné. Mais, dans chaque cas, *les cheveux tombent*, tôt ou tard. Pendant un temps, on s'est servi de thallium comme épilatoire. Mais son emploi a été reconnu dangereux. On le prescrit parfois pour l'usage interne, à doses très réduites, calculées selon le poids du malade. Maintenant, on s'en sert surtout contre les rats. Il est sans valeur, soluble et facile à acheter. Une seule chose : dans le cas qui nous occupe, éviter qu'on pense qu'il puisse y avoir empoisonnement.

— De là l'insistance du *Cheval pâle* à voir le client rester éloigné de sa victime désignée. Il ne peut pas avoir accès à sa boisson ou à sa nourriture; ne peut pas être convaincu d'achat de thallium ou d'autre poison. C'est la beauté de l'affaire. Le véritable travail est exécuté par quelqu'un d'autre, qui n'a aucun rapport avec la victime. Quelqu'un, je suppose, qui ne fait qu'une seule et unique apparition... Vous avez une idée?

— Une seule. Chaque fois, il semble qu'entre en jeu une femme d'aspect inoffensif munie d'un questionnaire concernant l'usage de produits de consommation courante.

— Et vous pensez que c'est cette femme qui fournit le poison, sous forme d'échantillon?

— Ce serait trop simple. Je la crois parfaitement

honnête. Mais son rôle n'est pas à dédaigner. Nous saurons peut-être quelque chose en interrogeant Eileen Brandon, qui travaille dans un café de Tottenham Court Road.

*
**

La description d'Eileen Brandon par Poppy était exacte. Ses cheveux, ondulés sagement, ne rappelaient en rien un chrysanthème; elle était fort peu maquillée et portait des chaussures qui me parurent de forme logique. Son mari, nous dit-elle, fut tué dans un accident de voiture, la laissant avec deux jeunes enfants. Elle avait, avant de travailler dans ce café, été employée par la *Classification, Réactions, Clientèle,* pendant plus d'un an. Elle était partie de son plein gré, le travail ne lui plaisant pas.

— Pourquoi cela, madame? demanda Lejeune.

— Vous êtes inspecteur de police?

— Oui.

— A votre avis, il y a quelque chose de louche dans cette affaire?

— J'enquête à ce sujet. Avez-vous abandonné votre travail parce que vous aviez des soupçons?

— Je ne sais rien de précis et ne pourrais rien vous apprendre.

— Nous comprenons fort bien. Mais cette enquête restera confidentielle.

— J'ai réellement très peu à dire.

— Vous pouvez au moins donner les raisons de votre départ.

— J'avais l'impression qu'il se passait des choses que j'ignorais.

— Voulez-vous dire que l'affaire ne vous semblait qu'un paravent?

— C'est à peu près cela. Elle me faisait l'effet de cacher quelque chose. Mais quoi, je l'ignore.

Son travail personnel consistait, nous dit-elle, à rendre visite à des gens dont on lui donnait noms et adresses, à poser certaines questions et à noter les réponses.

— Et qu'avez-vous trouvé d'étrange à cela?

— Les questions semblaient dictées au hasard, sans but défini. Comme... comme pour masquer autre chose.

— Quoi, à votre avis?

Elle réfléchit avant de répondre, songeuse.

— Je me suis demandé, un temps, si le tout n'était pas monté pour préparer des cambriolages. Mais ce ne pouvait pas être le cas, jamais on ne m'a demandé de descriptions des lieux, des dispositifs de sécurité ou quand les occupants étaient supposés s'éloigner.

— De quels objets deviez-vous vous occuper?

— Cela dépendait. Parfois de produits alimentaires : farine, potages en poudre, ou encore détersifs; de cosmétiques : rouges à lèvres, crèmes de beauté; de médicaments courants : pastilles contre la toux, gargarismes, eaux dentifrices, pilules digestives et ainsi de suite.

— On ne vous demandait pas de fournir des échantillons?

— Non.

— Vous vous contentiez de poser des questions et de noter les réponses?

— Oui.

— Et à quoi étaient supposées servir ces enquêtes?

— C'est justement ce qui semblait bizarre. Jamais on ne nous l'a dit avec précision. C'était, paraît-il, destiné à renseigner certaines usines... mais il n'y avait aucune méthode. Du travail d'amateur, quoi.

— A votre avis, était-il possible que, parmi les questions que l'on vous chargeait de poser, une d'entre elles ait pu servir à quelque chose, camouflée derrière les autres?

— Oui, dit-elle après réflexion, le sourcil froncé. Cela expliquerait leur manque de logique apparent... mais j'ignore absolument qu'elle était celle qui avait de l'importance.

— Vous ne nous avez certainement pas tout raconté, dit Lejeune avec un bon sourire.

— Non, vraiment, je ne sais rien. C'était une simple impression. J'en ai parlé à Mrs Davis et...

— Vous avez parlé à Mrs Davis?

Lejeune était toujours aussi calme et patient.

— Elle n'était pas satisfaite, elle non plus.

— Et pourquoi cela?

— Elle avait entendu quelque chose, par hasard.

— Quoi donc?

— Je vous l'ai dit, rien de précis. Mais l'affaire ne semblait pas honnête. « Ce n'est pas ce que cela paraît être », m'a-t-elle raconté. « Enfin, ça ne nous regarde pas. Ils payent bien et ne nous demandent rien d'illégal... je ne vois pas pourquoi on se casserait la tête. »

— C'est tout?

— Elle m'a dit aussi, mais je n'ai pas compris pourquoi : « Parfois, j'ai l'impression d'avoir le mauvais œil. »

Lejeune sortit un papier de sa poche et le lui tendit.

— Ces noms vous disent-ils quelque chose? Avez-vous fait une visite à l'une de ces personnes?

— J'en ai vu tellement...

Elle prit le papier, le parcourut : « Ormerond », dit-elle.

— Vous vous en souvenez?

— Non. C'est Mrs Davis qui m'en a parlé. Il est mort brusquement, n'est-ce pas? Une hémorragie cérébrale. Ça l'a beaucoup secouée. « Il était sur ma liste il y a quinze jours, m'a-t-elle dit. Il paraissait en excellente santé. Ma parole, il suffit que je jette un coup d'œil sur les gens pour qu'ils meurent. » Elle riait en disant cela, mais l'idée lui déplaisait, c'était visible.

— C'est tout?

— Eh bien... Ça se passait un peu plus tard. Je ne l'avais pas vue depuis quelque temps. Nous nous sommes retrouvées dans un restaurant. Je lui ai annoncé que je quittais le C.R.C. pour aller travailler ailleurs. « Vous avez sans doute raison, me dit-elle. Mais on est bien payé pour un travail facile. Il faut courir sa chance! Je n'en ai pas eu trop dans la vie, pour ma part. Pourquoi me préoccuperais-je de ce qui arrive aux autres? » Je ne la compris pas. « Qu'y a-t-il? Je n'ai aucune certitude mais, l'autre jour, j'ai reconnu quelqu'un sortant d'une maison où il n'avait rien à faire et portant un sac d'outils. J'aimerais bien savoir à quoi ils avaient servi. » Elle m'a demandé aussi si j'avais jamais rencontré une femme qui tenait une auberge, le *Cheval pâle*. Comme je m'étonnais de ce nom, elle a ri : « Relisez votre Bible, m'a-t-elle dit. » Je n'ai encore pas compris. Je ne l'ai plus revue. J'ignore si elle travaille encore pour le C.R.C. ou si elle est partie.

— Mrs Davis est morte.

— Morte! Mais... comment?

— D'une pneumonie, il y a deux mois.

— Oh! que c'est triste!

— Avez-vous autre chose à nous dire, madame?

— Je ne le crois pas. J'ai entendu d'autres personnes parler de... de ce *Cheval pâle*. Mais quand on les interroge, ils se taisent aussitôt. Ils ont l'air d'avoir peur... Je... je ne voudrais pas être mêlée à quelque chose de dangereux. J'ai deux petits enfants. Franchement, je ne sais rien de plus que ce que je vous ai dit.

Lejeune lui lança un regard aigu, puis la laissa partir.

— Cela nous avance un peu, déclara l'inspecteur après le départ de la jeune femme. Mrs Davis semblait se douter de ce qui se passait. Elle a d'abord fermé les yeux mais, malade, elle s'est confessée au prêtre. Mais que savait-elle au juste? Tous les gens portés sur sa liste et auxquels elle avait rendu visite étaient morts. De là à parler de « mauvais œil », il n'y avait qu'un pas. Mais ce n'est pas la question essentielle. Qui vit-elle sortir, d'une maison visitée par elle, sous un déguisement d'employé ou d'ouvrier qui ne se justifiait pas? Puisqu'elle l'avait reconnu, cet homme, il devait, lui aussi, l'avoir identifiée. Elle devenait dangereuse : il fallait qu'elle disparaisse et, avec elle, le Père Gorman, qu'elle avait dû renseigner.

Lejeune leva les yeux :

— Vous êtes de mon avis?

— Tout à fait.

— Et vous avez une idée du coupable?

— Oui, mais...

— Je sais. Mais nous n'avons pas la moindre preuve.

Il garda le silence un instant, puis se leva : « Mais nous l'aurons! Ce ne sont pas les moyens qui manquent; nous les essaierons tous! »

CHAPITRE XXIII

LE RECIT DE MARK EASTERBROOK

Trois semaines plus tard, une voiture s'arrêtait devant le perron de Priors Court.

Quatre hommes en sortirent. J'étais l'un d'eux. Les autres étaient l'inspecteur Lejeune, le sergent Lee et Mr Osborne qui pouvait difficilement cacher sa joie d'être de la partie.

— Il faudra tenir votre langue, le prévint Lejeune.

— Bien sûr, inspecteur. Vous pouvez compter absolument sur moi. Je ne dirai pas un mot.

— Je l'espère bien.

— C'est un privilège. Un énorme privilège, je le sais, bien que je ne comprenne pas exactement...

Mais personne ne lui fournit d'explication.

Lejeune tira le cordon de sonnette et demanda à voir Mr Venables.

Si celui-ci fut surpris de notre visite, il n'en montra rien, courtois à l'extrême. A le regarder écarter un peu son fauteuil roulant pour agrandir le cercle, je songeais qu'il avait vraiment une allure particulière avec son profil acéré surmontant son vaste col démodé.

— Cela fait plaisir de vous revoir, Easterbrook. Vous paraissez consacrer beaucoup de temps à ce coin du globe. Inspecteur Lejeune? J'avoue éprouver une certaine curiosité. Habiter un endroit aussi pacifique et recevoir la visite d'un détective! Que puis-je faire pour vous, inspecteur?

— Il s'agit d'une affaire dans laquelle vous pourrez sans doute nous aider, monsieur, dit Lejeune, très calme.

— En quoi donc?

— Le 7 octobre, un prêtre catholique, le Père Gorman, a été assassiné West Street, à Paddington. On m'a laissé entendre que vous étiez dans le voisinage à l'heure du crime entre 7 h 45 et 8 h 15 du soir, et que vous auriez vu quelque chose qui peut avoir un rapport avec cette affaire.

— Etais-je à cet endroit à cette époque? J'en doute. Autant que je m'en souvienne, je n'ai jamais été dans ce quartier, et je ne crois même pas avoir été à Londres ce soir-là. Je ne m'y rends qu'à l'occasion de ventes intéressantes ou pour consulter mon médecin, de temps à autre.

— Sir Wiliam Dugdale, de Harley Street, il me semble.

Venables lança un coup d'œil froid au policier.

— Vous êtes très bien informé, inspecteur.

— Pas autant que j'aimerais l'être. Cependant, je suis déçu que vous ne puissiez m'aider de la façon dont je l'avais espéré. Je vous dois, je pense, une explication concernant les faits en relation avec la mort du Père Gorman.

— Je vous en prie. C'est la première fois que j'entends ce nom.

— Une femme, une moribonde, avait demandé la présence du prêtre. Elle s'était trouvée involontairement mêlée à une entreprise criminelle spécialisée dans la suppression des personnes gênantes... moyennant finances, bien entendu.

— L'idée n'est pas neuve, remarqua Venables. En Amérique...

— Cet organisme employait des moyens assez particuliers, que l'on pourrait qualifier de psychologiques, en stimulant, dirons-nous, le « désir de mourir », latent chez chacun...

— De sorte que la personne en question se suicide pour vous faire plaisir. Cela paraît trop beau pour être vrai, inspecteur.

— Pas de suicide. Une mort parfaitement naturelle.

— Allons, allons!

— Le quartier général de cette entreprise se situerait à un certain endroit dénommé *Le Cheval pâle.*

— Ah! maintenant, je commence à comprendre. C'est ce qui vous a amené dans notre aimable village : Thyrza Grey et ses stupidités! Qu'elle y croie ou non, je n'ai jamais pu le savoir. Mais c'est de l'absurdité. Elle a une amie médium, bête comme une oie, et c'est la sorcière du coin qui leur fait la cuisine, ce qui dénote de leur part un certain courage! Ces trois folles se sont fait une belle réputation dans le pays, mais n'allez pas me dire que Scotland Yard prend cela au sérieux!

— Mais parfaitement, monsieur.

— Vous croyez réellement que le verbiage de Thyrza, les crises de Sybil et la magie noire de Bella peuvent provoquer la mort de quelqu'un?

— Oh! non, la cause des décès enregistrés est plus simple que cela... ils sont dus à l'empoisonnement par le thallium.

— Que dites-vous?

— Empoisonnement par sels de thallium. C'est simple. Mais à cela, il fallait une couverture... et quoi de mieux qu'une mise en scène pseudo-scientifique, un jargon moderne renforcé de vieilles superstitions?

— Du thallium, dit Venables pensif. Je ne crois pas en avoir jamais entendu parler.

— Non? On l'emploie comme raticide, parfois en

tant qu'épilatoire pour les enfants atteints de teigne. On peut l'obtenir très facilement. Au fait, il y en a un paquet dissimulé dans un coin de votre serre.

— Dans *ma* serre? C'est impossible!

— Mais non! Nous en avons fait analyser une partie...

Venables commençait de s'agiter.

— Quelqu'un a dû l'y mettre. J'ignorais totalement son existence!

— Vraiment? Vous disposez de moyens assez larges, n'est-ce pas, monsieur?

— Qu'est-ce que cela a à voir avec la question?

— Je crois savoir que le fisc s'est intéressé dernièrement à la source de vos revenus?

— L'ennui de la vie, en Angleterre, est évidemment son système d'impôts. Je songe sérieusement à aller m'établir aux Bermudes.

— Je ne pense pas qu'il vous sera possible de vous y rendre.

— Est-ce une menace, inspecteur? Parce que, dans ce cas...

— Non, non. Simplement l'expression d'une opinion. Aimeriez-vous apprendre maintenant comment fonctionne cette petite affaire?

— Vous êtes certainement décidé à me l'apprendre.

— Excellente organisation. C'est un avocat radié qui se charge des détails financiers. Il dispose d'un bureau, à Birmingham, où il reçoit les clients et traite avec eux. Mr Bradley accepte des paris concernant la mort d'une certaine personne. Mr Bradley est pessimiste. S'il gagne son pari, le client doit payer promptement ou il lui arrive quelque chose de désagréable. Après s'être entendu avec Mr Bradley, le client doit rendre visite à Thyrza Grey qui lui offre un spectacle impressionnant.

« D'autre part, certaines femmes, honnêtes employées de l'une de ces multiples sociétés, s'occupent d'enquête sur les goûts des consommateurs, munies d'un questionnaire : « Quelle sorte de pain préférez-vous? Quels articles de toilette, cosmétiques, laxatifs etc. », interrogent les gens qu'on leur désigne. Et c'est alors que l'organisateur en personne entre en scène. Il peut, pour cela, revêtir un uniforme de portier; il peut être le releveur du gaz, de l'eau, un plombier, un électricien. De toute façon, il sera muni de papiers en règles, pour le cas où on les lui demanderait, ce qui est fort rare. Quel que soit son rôle, son but est simple : substituer un article déterminé — choisi grâce aux réponses faites aux enquêteuses — à un article d'aspect semblable, mais de composition modifiée. Ayant examiné tuyaux, compteurs, etc., il part et l'on ne le revoit pas dans le quartier.

« Tout d'abord, il ne se produit rien. Puis la victime tombe malade. Le médecin n'y comprend rien. Il surveille le régime du patient, mais pourquoi irait-il soupçonner un produit utilisé sans dommage pendant des années?

« Voyez-vous la beauté de la machination? Son instigateur reste dans l'ombre. Nul ne le connaît, qui pourrait le dénoncer? »

— Alors comment en savez-vous autant?

— Nous avons des moyens d'acquérir une certitude, de vérifier de simples soupçons. Prenons une caméra, par exemple. Il est facile de photographier quelqu'un à son insu. Nous avons, de la sorte, obtenu d'excellentes photos d'un concierge, d'un employé du gaz. Il existe de fausses moustaches, des dents artificielles, mais l'identification reste facile et elle a été faite, d'abord par Mrs Mark Easterbrook, alias Katherine Corrigan, et par Mrs Edith Binns. L'identification est une chose fort intéressante : tenez, par exemple, ce monsieur, ici, Mr Osborne, est prêt à jurer vous avoir vu suivre le Père Gorman, Barton Street, dans la soirée du 7 octobre, vers 8 heures.

— Et je vous ai *vu*! s'écria Osborne tremblant d'excitation. Je vous ai décrit... très exactement!

— Peut-être trop exactement, dit Lejeune. Car vous *n'avez pas vu* Mr Venables. *Vous n'étiez pas sur votre seuil.* Vous étiez vous-même sur le trottoir opposé, suivant le Père Gorman. Et c'est vous qui *l'avez tué*!...

— *Quoi?*

Osborne offrait un spectacle ridicule : la bouche ouverte, les yeux protubérants.

— Permettez-moi, monsieur, de vous présenter Mr Zacharias Osborne, pharmacien de Barton Street, Paddington. Vous vous êtes intéressé à lui lorsque je vous ai dit que Mr Osborne, en observation depuis quelque temps, avait été assez mal avisé pour cacher un paquet de sels de thallium dans votre serre. Ignorant votre infirmité, il lui avait plu de vous attribuer le rôle du traître dans sa pièce. Etant aussi obstiné que stupide, il se refusait à admettre son erreur.

— Stupide! Comment osez-vous! Si vous aviez... si vous aviez la moindre idée de ce que j'ai fait... de ce que je puis faire... Je!...

Osborne bredouillait de rage.

— Vous n'auriez pas dû essayer d'être si malin, répondit Lejeune d'un ton de doux reproche. Si vous étiez resté bien tranquille dans votre boutique, je ne serais pas là, comme c'est mon devoir, pour vous prévenir que tout ce que vous direz à présent pourra être...

Et c'est alors qu'Osborne se mit à hurler.

CHAPITRE XXIV

LE RECIT DE MARK EASTERBROOK

— Dites-moi, Lejeune, il y a pas mal de choses que j'aimerais savoir.

Les formalités terminées, j'avais l'inspecteur à ma seule disposition.

— Je suppose que vous avez été un peu surpris.

— Certes. J'étais persuadé de la culpabilité de Venables. Et vous ne m'avez pas fait la moindre allusion...

— Je ne pouvais pas me le permettre. Il faut jouer serré. Et, à vrai dire, nous étions très peu armés. C'est pourquoi nous avons préparé toute cette comédie avec la collaboration de Venables. Il fallait donner de la ficelle à Osborne et le ferrer au bon moment. Ça a marché.

— Il est fou.

— Maintenant, oui. Mais il ne l'était pas, au début. A force de disposer de la vie des gens, il a fini par se prendre pour le Tout-Puissant.

— Ainsi Venables était dans le secret. A-t-il aimé l'idée de collaborer?

— Cela a dû l'amuser, je crois. D'autre part, il a été assez insolent pour faire remarquer qu'un bon tour en vaut un autre.

— Ce qui voulait dire?

— Je ne devrais pas vous raconter cela; enfin, voici : il y a de cela huit ans environ, on a cambriolé un certain nombre de banques. Toujours selon la même méthode. L'opération était, chaque fois, minutieusement préparée par quelqu'un qui n'y participait jamais. Nous avions eu des soupçons, mais aucune preuve. L'homme a disparu avec un joli magot et il a été assez astucieux pour ne pas renouveler son exploit. Je n'en dis pas plus. C'était une habile crapule. Mais pas un meurtrier.

— Avez-vous soupçonné Osborne dès le début?

— Eh bien, il recherchait la notoriété. Comme je le lui ai dit, s'il était resté tranquille, il ne serait venu à l'idée de personne de suspecter le respectable Zacharias Osborne, pharmacien. Mais c'est bizarre, avec les meurtriers, il faut toujours qu'ils se fassent remarquer d'une façon ou d'une autre.

— Le désir de la mort... une variante de la théorie de Thyrza Grey.

— Plus tôt vous oublierez cette femme et ce qu'elle a pu vous dire, mieux cela sera, me dit Lejeune, m'admonestant sévèrement. Non, en fait, je crois qu'il faut en accuser la solitude, la conviction d'être un individu supérieurement intelligent mais privé d'un auditoire disposé à le reconnaître.

— Vous ne m'avez pas encore dit ce qui vous a amené à le soupçonner.

— Quand il a commencé à mentir. Sa première déposition. Il a fourni une description minutieuse du suiveur de Père Gorman alors qu'il n'avait manifestement pas pu le voir de l'autre côté de la rue, à cause du brouillard. Le profil aquilin, passe encore, mais la pomme d'Adam, impossible! Evidemment, ce pouvait être un mensonge innocent. Osborne n'avait peut-être que l'envie de se rendre intéressant. Il n'aurait pas été le seul. Mais il avait une curieuse personnalité. Sans attendre, il s'est mis à me parler de soi, me présentant le tableau d'un individu qui avait toujours rêvé être plus qu'il n'était. Mécontent à l'idée de suivre la voie de son père, il tenta sa chance sur les planches. Sans succès, par manque de souplesse, sans doute. Son désir de témoigner, d'aider à confondre un assassin devait être réel. Comment l'idée de devenir lui-même un grand criminel narguant la justice lui est venu, nous n'en savons rien.

« Pour en revenir au début, sa description du personnage soi-disant aperçu dans la rue s'appliquait, de toute évidence, à quelqu'un qu'il rencontra un jour. Sans doute avait-il remarqué Venables dans sa voiture, à Bournemouth, et fut-il frappé par son aspect, sans se rendre compte qu'il était paralysé.

— D'autre part, Osborne était un pharmacien. J'ai pensé que la liste que nous avions trouvée pouvait avoir un rapport avec un trafic de stupéfiants. Il n'en était pas question, nous nous en sommes rendu compte et j'aurais pu oublier Osborne s'il n'avait fait en sorte de se rappeler à notre souvenir. Il voulait se tenir au courant. Il ignorait toujours que Mr Venables, aperçu à Much Deeping, était paralysé. Quand il l'a appris, il n'a pas été assez astucieux pour se rétracter. Il s'en tint mordicus à sa théorie. Ma visite chez lui, à Bournemouth, a été très fructueuse. »

— Mais que faisait-il avec tout son argent? Car je suppose qu'il ne travaillait pas gratis.

— Oh! que non! Il s'était vu certainement voyageant, donnant des réceptions, admiré et respecté pour sa richesse. Et son impression de pouvoir s'exaltait à chaque meurtre. Il en était intoxiqué, je suis sûr qu'il sera ravi d'être au banc des accusés, le point de mire de tous.

— Mais enfin que faisait-il de son argent?

— Oh! c'est simple. Je ne l'aurais peut-être pas compris si je n'avais pas vu la façon misérable dont il avait meublé sa villa. Il était avare. Il aimait l'argent en soi, non pour le dépenser, mais pour le posséder. On retrouvera certainement tout sous son parquet, chez lui, j'en suis persuadé.

CHAPITRE XXV

LE RECIT DE MARK EASTERBROOK

A Much Deeping, tout était normal, rafraîchissant. Rhoda s'activait à soigner ses chiens; il s'agissait cette fois, je crois, d'éverrage. Elle leva les yeux à mon approche et me demanda s'il me plairait de l'aider. Je déclinai l'offre et m'informai de Ginger.

— Elle est partie au Cheval pâle.

— *Quoi?*

— Elle prétend avoir quelque chose à y faire.

— Mais la maison est vide.

— Je le sais.

— Elle se surmène. Elle n'est pas encore en état de...

— Ne t'agite donc pas comme ça! Ginger va très bien. As-tu lu le dernier livre de Mrs Oliver? Il s'intitule le *Cacatoès blanc*. Il est sur la table, là-bas.

— Dieu bénisse Mrs Oliver, et Edith Binns.

— Qui donc est cette Edith Binns?

— Une femme qui a reconnu quelqu'un sur une photographie. Fidèle servante de ma défunte marraine également.

— Je ne comprends pas un mot de ce que tu dis. Que t'arrive-t-il, Mark?

Je ne répondis pas et me mis en route pour le *Cheval pâle*. Je rencontrai Mrs Dane Calthrop, en chemin. Elle me salua avec enthousiasme, agita le bras en direction de la vieille auberge, vide et pacifique, sous le soleil d'automne.

— Tout au long de cette histoire, j'ai dû être stupide. Mais je ne trouvais pas la faille. Jamais il n'y a eu là-dedans de trafic fantastique avec le diable. Aucune splendeur infernale. Seulement des attrape-nigauds, pour de l'argent. Rien de noble ou de grand... rien que mesquinerie et bassesse.

— Vous semblez vous être mise d'accord avec l'inspecteur Lejeune?

— Cet homme me plaît. Entrons donc voir Ginger.

— Que fait-elle là-dedans?

— Elle nettoie quelque chose.

Une forte odeur de térébenthine nous accueillit dès le seuil. Ginger s'activait au milieu de chiffons et de bouteilles. Elle dressa la tête à notre arrivée. Elle était encore très pâle et amaigrie. Une écharpe entourait sa tête où les cheveux n'avaient pas encore repoussé. Elle était l'ombre d'elle-même.

— *Elle* va très bien! déclara Mrs Dane Calthrop qui, comme d'habitude, avait lu mes pensées.

— Regardez! dit Ginger triomphalement en montrant la vieille enseigne.

La crasse des ans effacée, on distinguait parfaitement le cheval et son cavalier : un squelette grimaçant aux os brillants.

Profonde et sonore, la voix de Mrs Dane Calthrop s'éleva derrière moi :

— Apocalypse, chapitre six, huitième verset : « *Et je vis un cheval de couleur pâle, et celui qui le montait était la Mort et l'Enfer le suivait...* »

Nous gardâmes le silence quelques secondes et Mrs Dane Calthrop, qui n'était pas impressionnable, ajouta d'un ton parfaitement uni : « Et voilà! Je dois partir, à présent. Assemblée de mères de famille. »

Elle s'arrêta sur le seuil, fit un signe de tête à

Ginger et déclara : « Vous ferez une bonne mère. »

— Ginger, dis-je, voulez-vous?

— Quoi? Faire une bonne mère?

— Vous savez ce que je veux dire.

— Peut-être... mais je préférerais une offre ferme.

Je la lui fis...

Au bout de quelque temps, elle me demanda :

— Etes-vous sûr de ne pas vouloir épouser cette Hermia?

— Seigneur! J'avais oublié.

Et je sortis une lettre de ma poche.

— Elle date de trois jours. Elle me demande si j'accepterais de venir au *Old Vic* avec elle.

Ginger me prit le papier d'entre les doigts et le déchira.

— A l'avenir, me dit-elle avec fermeté quand vous voudrez aller au théâtre, vous irez avec moi.

Les Reines du Crime

Nouvelles venues ou spécialistes incontestées, les grandes dames du roman policier dans leurs meilleures œuvres.

BLACKMON Anita
1912 On assassine au Richelieu
1956 On assassine au Mont-Lebeau *(avril 89)*

BRAND Christianna
1877 Narcose
1920 Vous perdez la tête

CANNAN Joanna
1820 Elle nous empoisonne

CHRISTIE Agatha
(86 titres parus, voir catalogue général)

DISNEY Dorothy C.
1937 Carnaval

DISNEY D.C. & PERRY G.
1961 Des orchidées pour Jenny *(juin 89)*

EBERHARDT Mignon
1825 Ouragan

KALLEN Lucille
1816 Greenfield connaît la musique
1836 Quand la souris n'est pas là...

LEE Gypsy Rose
1893 Mort aux femmes nues
1918 Madame mère et le macchabée

LE FAUCONNIER Janine
1639 Le grain de sable
1915 Faculté de meurtres *(Prix du Festival de Cognac 1988)*

LONG Manning
1831 On a tué mon amant
1844 L'ai-je bien descendue?

McCLOY Helen
1841 En scène pour la mort
1855 La vérité qui tue

McGERR Pat
1903 Ta tante a tué

McMULLEN Mary
1921 Un corps étranger

MILLAR Margaret
723 Son dernier rôle
1845 La femme de sa mort
1896 Un air qui tue
1909 Mortellement vôtre
1928 Le territoire des monstres

MOYES Patricia
1824 La dernière marche
1856 Qui a peur de Simon Warwick?
1865 La mort en six lettres
1914 Thé, cyanure et sympathie

NATSUKI Shizuko
1861 Meurtre au mont Fuji

NIELSEN Helen
1873 Pas de fleurs d'oranger

RENDELL Ruth
1451 Qui a tué Charlie Hatton?
1501 Fantasmes
1521 Le pasteur détective
1532 L'analphabète
1582 Ces choses-là ne se font pas
1616 Reviens-moi
1629 La banque ferme à midi
1649 Le lac des ténèbres
1688 Le maître de la lande
1806 Son âme au diable
1815 Morts croisées
1834 Une fille dans un caveau
1851 Et tout ça en famille...
1866 Les corbeaux entre eux
1951 Une amie qui vous veut du bien *(mars 89)*
1965 La danse de Salomé *(juil. 89)*

RICE Craig
1835 Maman déteste la police
1862 Justus, Malone & Co
1870 Malone et le cadavre en fuite
1881 Malone est à la noce
1899 Malone cherche le 114
1924 Malone quitte Chicago
1962 Malone met le nain au violon *(juin 89)*

RUTLEDGE Nancy
1830 La femme de César

SEELEY Mabel
1871 D'autres chats à fouetter
1885 Il siffle dans l'ombre

SIMPSON Dorothy
1852 Feu le mari de madame

THOMSON June
1857 Finch se jette à l'eau
1886 Plus rude sera la chute
1900 Sous les ponts de Wynford
1948 Dans la plus stricte intimité *(fév. 89)*

YORKE Margaret
1958 Morte et pas fâchée de l'être *(mai 89)*

Le Club des Masques

SIMPSON Dorothy
533 Le chat de la voisine

STEEMAN Stanislas-André
586 L'assassin habite au 21 *(fév. 89)*
587 Six hommes morts *(avril 89)*
588 Le condamné meurt à 5 heures *(juin 89)*

STUBBS Jean
507 Chère Laura

THOMSON June
521 La Mariette est de sortie
532 Champignons vénéneux
577 Pas l'un de nous

UNDERWOOD Michaël
462 L'avocat sans perruque
531 La main de ma femme
538 La déesse de la mort

WAINWRIGHT John
522 Idées noires

WILLIAMS David
541 Trésor en péril

IMPRIMÉ EN FRANCE PAR BRODARD ET TAUPIN
Usine de La Flèche (Sarthe).
ISBN : 2 - 7024 - 0098 - 1
ISSN : 0768 - 0384

H 31/0137/5